Seba・蝴蝶

Seba・蝴蝶

蝴蝶館 51

燕侯君

Seba 蝴蝶 ◎ 著

elegantbooks

蝴蝶館 51

燕侯君

Seba 蝴蝶 ◎ 著

elegantbooks

寫在前面⋯⋯

《燕侯君》跟《倦尋芳》和附錄在《倦尋芳》之後的《馴夫記》有很深的關連性，跟《馴夫記》的關係又更深一些。

讀者可以先看過這兩篇，當作補充和先行閱讀。這些在部落格上找得到，《倦尋芳》也已經出版過了。

《倦尋芳》：http://seba.pixnet.net/blog/category/1473983

《馴夫記》：http://seba.pixnet.net/blog/category/1466913

然後我要強調⋯⋯這是架空歷史的故事，卻只是「故事」，而不是「歷史小說」，許多疏漏處，還請讀者擔待些吧。

我只是想說一個，關於「燕侯君」的故事，給諸君聽。

穿著純黑斗篷的少年將軍勒停了滿身大汗的愛駒，神情有些憂鬱的下馬。

就知道會被誆。可基於對哥哥的友愛，總希望能夠相信一次這個貌似忠良的二哥。

翩翩如濁世佳公子的二哥李璃，看到李瑞果然一僵，「……怎麼又穿盔甲？這是京城，京城！不是嘴不張就滿嘴風沙的大漠，也不是凍掉臉皮的西北！不需要衣不解甲……」

李瑞忍耐了一會兒，聲音沙啞的回答，「不會穿。」

「什麼?!」向來斯文俊雅的李璃額爆青筋的怒吼。

「家裡的衣服太複雜了，不會穿。」李瑞淡漠的說。

「……不會叫人是不是？」李璃快氣瘋了，「丫頭呢？婆子呢?!讓她們幫著穿啊！」

「邊將尚簡樸。」李瑞瞥了老哥一眼，「風流文臣哪裡能知寒光照鐵衣的豪邁？」

李璃真的要被他家這匹揚威關外的千里駒氣死了。他用力一扯，宛如蜻蜓捍石柱。

「……天殺的武將。」拽也拽不動！

李瑞嘆氣，這個手無縛雞之力的佳公子，為了拽得動而扭傷手就不好了，這才悶悶的舉步，「不是武將，我是斥候教官。」

李璃已經不想跟已經封侯的千里駒爭辯了，拉著喊，「早遲了！磨蹭到現在才來……」

騙人說姑母生辰……事實上，又是相親會。怎麼二哥還是不死心呢？幸好他被那群自命風流的破爛才子朋友們裹脅走了，不然還真是麻煩。

滿園才子佳人相互假兮兮的應答，才仲春呢，拿個破扇子搧啥？火氣大？佳人也很對應的拿著團扇掩口……遮口臭？

園子挺美……沒幾萬兩白銀蓋不起來。東一桌、西一桌的茗茶、精緻糕點，挺含蓄的融入整個大園子方便人用……沒幾百兩銀子擺不出來。

幹嘛不折現呢？邊關啥都缺啊，捐做軍餉該多好。

李瑞挺憂鬱的摸了碟糕點，靠著亭柱看游魚。不是不想溜，二哥的眼睛老從人縫裡盯過來，忒兇。不巧的是，大哥居然也來了，那擔憂溫柔的眼神，簡直要把李瑞釘在柱子上。

咬了一大口茯苓糕，這個縱橫邊關，開過屯、領過軍，當斥候當到真的封侯，北巒子稱為「哀狼」，擺出三個同高等重的金人賞格，威震關外的燕侯將軍，遇到親情梗，照樣沒輒。

只能落寞的數池塘裡的游魚，默算著這麼一池魚，在蹲點的時候，可以充多久的糧食。

遠遠的，一個風神俊逸的美公子正痴痴的看著燕侯將軍。

黑衣銀甲，颯爽慨然。髮烏如鴉，挽著士髻，幾根散髮覆著雪白的後頸。猿背蜂腰，雖然身量不高，卻矯健如龍。風沙打磨出的滄桑，血腥暈染出的不垢蓮。

好一個玉面小將！

那雪白的玉顏還黥面，大概是怕臨敵被小看吧……目下刺著兩行青紋，宛如血淚。卻讓柔弱的容貌更添英氣，更讓人、讓人……

那個娘娘腔在做啥？他國細作？認出我來麼？李瑞不動聲色的吃著點心，用眼角打量著。

……是哪國白癡到用這種兔兒爺來當細作？看了幾眼李瑞就斷定，他絕不會武。話說這種娘兒似的容貌，應該很惹官家千金喜愛，卻很少有女子跟他說話，反而是另一群面如傅粉的少年跟這細作調笑。

詭異。

京城越來越變樣、越來越詭異了……還不如回斥候校院折騰那些菜鳥兒好。

最後李瑞決定把這件事情撇一邊。咱又不是搞細作的，咱是斥侯，軍隊的五官耳目，不是鬼鬼祟祟的間者。

等李瑞能溜的時候，那個比娘兒們還漂亮的公子攔著，遞了一枝花過來，上面結著一張紙條，就似笑非笑的走了。

李瑞展開紙條一看……二看、三看。然後默默的收起來，拉著樂不思蜀的二哥回家了。

「哥，幫我看一下。」李瑞把紙條遞給李璃，「我是不是誤會他的意思？」

李璃狐疑的接過來看。

「今夕何夕兮，搴舟中流；
今日何日兮，得與王子同舟。
蒙羞被好兮，不訾詬恥。
心幾煩而不絕兮，得知王子。
山有木兮木有枝，心悅君兮君不知。」

「……《越人歌》。」李璃乾澀的回答。

「……我會不知道是《越人歌》？」李瑞瞇細眼睛，「可為什麼給我這？」沙啞的聲音已經沁出冷厲了。

千里哀狼很生氣，情況很不妙。

李璃的額頭有些沁汗。這首詩本來也沒什麼，只是這些年，京城浮浪子拿來獻給愛慕的美少年，共效斷袖分桃的求愛詩。

看了署名，汗更甚。「……是逢陽郡王。阿瑞，別……」

「我就那麼不像女人？」李瑞輕嘆。

大概是某個地方太小。戰甲一遮，更看不到了……當然，他沒那膽子說。只好陪笑，「眼神真的太差勁了，我妹子這樣美、美……呃，氣質出眾，還分不出來……」

李瑞用眼角睇了他一眼，像是兇刀出鞘，寒光四射，立刻從陽春三月陡降到大雪封山，飄著濃重的血腥味。

……郡王，你保重。日頭赤焰焰，隨人顧性命。

李璃趕緊把眼神挪開，省得被自己的妹妹凍死。

李璃火速轉移話題，「阿瑞，今天看到中意的沒有？」他那妖孽的臉孔沁滿笑意，真真攝魂奪魄，「都包在哥哥身上！」

可惜俏媚眼全做給瞎子看了。她跟二哥差三歲，從小一起長大，早已免疫。

再說，包給你？莫非我看中哪個，你要色誘來給我？

李瑞眼皮都沒抬，「那些『閨閣弱質』落到我手上……恐無半合之勇。」

……她沒有別的意思對吧？李璃狐疑的看著李瑞，納悶起來。咱們家的女人，為什麼個個有萬夫莫敵的氣概呢……？

「也有幾個將門弟子啊！這總有共同語言了吧?!」

李瑞微微撇嘴，「莫說逾百斤的唐人步甲，就說我身上八十斤的輕騎甲。那些所謂的將門，穿上恐怕還耍不完一套槍，更不要說著甲疾行……不出半里就趴下。比我校院的菜鳥兒還遠遠不如。」

「……妳是選夫婿呢，還是選士卒?!這是妳的好機會啊！妳封侯了，可以蔭補夫婿……」

「咱不跟吃軟飯的鼻涕蟲有瓜葛。」李瑞的目光漸寒，讓李璃識相的閉上嘴。

尷尬的沉默了一會兒，李瑞暗歎。爹新知了江蘇知府，把娘帶上了。她這個一母同胞的哥哥，自認該代父母照顧妹妹，關懷備至。她在關外練兵，十天半個月就會接到哥哥讓人捎帶來的東西。

「……哥，我都二十五了。」李瑞語氣稍緩，有些無奈，「何況……」

李璃像是被扎了一錐子，跳了起來，「二十五怎麼啦？妳去問問看，誰家這樣少年，二十五歲封侯？還遠勝霍去病呢！妳可是女孩子！空前絕後的！立下這樣大的戰功……」

「那是瞎貓撞到死老鼠。」李瑞更無奈，「迫不得已耳。」

她開屯幽州，本來只是個小小的保屯官兼斥候教官。可這裡十六州三路關係非常複雜，派系林立，小小的幽州也數派人馬。結果北蠻子到臨縣打草穀，幽州知軍挾怨不肯出兵，而臨縣危如累卵。

毫無辦法，她只好調動自己的斥候小隊和校院學生，湊足兩千騎，繞了大彎到了敵陣之後，衝撞主力盡出的後陣。救援成功，可她沒想到她一槍捅死的中年大漢，會是北蠻子某個主戰部落的王儲，更沒想到王儲會興致好到跑來打草穀……

更意想不到的是，她這一槍，捅出了那個部落爭奪王儲，自家內鬥不算，還捲了幾族互相交戰，越演越烈……

所以她莫名其妙、稀裡糊塗的封侯了。

不過就個虛銜，能頂什麼用？她還不是在當教官？只是多了幾個月的假而已。

坦白說，可以的話，她還寧可去江蘇探望父母，也不想在京城。可是沒辦法，她的假是給她封侯用的，不是褪親假。

再看到這個貌美如花的郡王，她表面淡然，內心卻越來越陰暗。

郡王用一種痛惜、震驚、不敢相信的眼光，不斷的打量她，特別在喉嚨和胸口掃視。李瑞摩挲著袖底的毒針，想著該不該替世間剷除一大禍害。

「……妳真的是女子？」郡王失望得泫然欲涕。「怎麼可能？怎麼可以？天地不仁啊……」

「兵部經歷可供查閱。微臣原是楚王麾下，奉命開屯於幽。」她語氣冷硬的回答。

郡王愴然而歸，腳步蹣跚。沒看到李瑞眼中一閃而逝的濃重殺意。

李璃額頭一層汗，「那個，阿瑞啊……他是皇親宗室……」

「二哥。」李瑞淡淡的開口，「娘就你這麼一個兒子，指著你抱孫呢。這等『絕色』是生不出個屁的。」

李璃愕然片刻，漸漸臉紅，惱羞成怒，「……有妳這樣做妹子的嗎？妳哥我可是七尺以上堂堂男子漢……」

「不到六尺。」李瑞很冷靜的糾正。

「挖哩勒～老子我只喜歡女人，懂？軟綿綿、香噴噴的女人，懂？老子我為什麼要跟噁心的男人華山論劍？妳說！」

看著暴跳如雷的二哥，妖孽的臉孔都扭曲了，李瑞終於放心下來。

其實就算是老哥愛了哪家公子其實也就罷了。這點開闊她還是懂得。但跟個酒色過度、關係複雜的郡王就算了。

二哥不嫌髒，她還怕二哥得病呢。她家二哥，嘴巴講得非常來得，搞不好到現在還沒開過葷，還在尋尋覓覓那個不知道在哪個山巔海角的靈魂伴侶……非常癡情。

生完氣的李璃很糾結。

但看著妹妹充滿殺氣的背影，他又沒勇氣求情。郡王，對不住啦。雖然說郡王有那種毛病，但不失個好人……特別是把貢綢的路子替他打通，更讓他覺得郡王是個好人中的好人。

反正他不是郡王的目標群，吃吃喝喝的酒肉朋友，也不能說沒有絲毫友情。

提心弔膽了幾天，聽說郡王出了大糗，他的心終於也放下來了。

據說郡王在春香樓倚欄觀街景，欄杆突然斷裂，差點從二樓一頭栽下來……幸好旁邊的布幔纏住了他的腳，雖然倒吊和尖叫有點丟臉，徹底損壞了他風神秀逸的翩翩公子形象，但沒有傷筋動骨，性命也無憂。

太好了太好了，幸好阿瑞還知道什麼叫做分寸。

李璃抹了抹額頭的冷汗。

* * *

「怎麼？二哥家才是妳家，大哥家不是？」向來溫和中平的李玉，難得這樣薄瞋。

李瑞乾笑兩聲，乖乖的坐下來。

剛剛嫂子帶著小侄兒出來虛晃一招，就說身體不適迅速退場，看有多不待見她這小姑。

她哪裡敢沒事來串門。

但頂著大哥哀怨又心疼的眼神，她覺得比槍林箭雨還難抵擋。這個向來不假辭色、冷硬剛強的教官，訕訕的說，「剛賜下侯府要佈置，二哥那兒離得近些……」

李玉嘆了很長很長一口氣，那樣的落寞，讓李瑞乖乖的把嘴閉上。

「小瑞，哄我呢。」他一整個哀傷，「妳那嫂子只是脾氣強些，沒壞心的。早知道……」

李瑞趕緊堵上，「哥，兵部的差事怎麼樣？跟戶部打官司還順手嗎？」

讓妹妹關懷，這個棉裡藏針的兵部經歷郎笑得忒沒機心，「我是大娘教出來的算學好手，戶部豈有三合之勇？」

他抬手別了別李瑞散下來的頭髮，「這麼大的人了，頭都不會梳。」轉頭就喚侍兒拿撿妝盒來。

「……哥啊，別惹大嫂生氣。」李瑞小聲的說，「而且我都這麼大了，你還幫我梳什麼頭……」

李玉站到她背後，語氣很不滿。「妳從三歲起，頭都是我梳的。若不是執意去從軍，我還打算梳到妳嫁……」話一出口，他才自覺失言，趕緊岔開話題，一面拆了李瑞有些亂的髮髻，小心翼翼的梳。

李瑞暗歎，她這兩個哥，都一整個妹控。大嫂那麼不待見她，就是她這大哥沒藥救的妹控。但她也沒掙扎，乖乖的低頭讓大哥梳。

「妳嫂子也真是的，」李玉語氣很幽怨，「我天天陪著她，可多久才看見妳一次？上回見面，還是三年前。」說著說著就傷心起來，「妳這孩子就不聽話，為什麼執意去吃苦？……」

李瑞沒講話，只是默默聽她大哥嘮叨。

李玉心底是真的很疼的。

他對父親、嫡母都尊敬而客氣，跟李璃一直到十歲在私塾並肩打架才真的和解。七歲因為柳姨娘過世，來到這個陌生的家，唯一讓他覺得是親人的，只有小妹阿瑞。

那時李瑞才三歲，是個圓滾滾的，表情嚴肅的小丫頭。李玉那時已經七歲，很多事情都明白了。他的親娘和表哥有私，被撞破了，不知道是失足還是自殺，逃走時落水死了。

發生這樣醜事，年幼的他在宛城李家很不好過，才被在京等待敘職的父親接回去了。

陌生的環境、陌生的親人。不太懂又很羞恥的醜事，壓得他抬不起頭。非常想親娘，可又不敢想。晚上常常躲在被子裡偷哭。

是那個表情嚴肅的小丫頭跟在他後面，寸步不離的。晚上也硬擠在他床上跟他睡覺，在他哭的時候，用胖胖的小手，笨拙的拍他的背。拿梳子給他，用軟軟的聲音說，

「哥，幫我梳頭好不？阿香都扯得痛。」

是這個小丫頭，成為他和其他家人的橋樑。讓他成為家庭的一份子，不管什麼時候都站在他這邊。

同吃同睡，一起唸書，一起練武。一直到李瑞十歲了，才搬出他的房間。可就算搬出他的房間，每天早上他還是會去叫門，幫她梳頭。

一直到現在，他都娶妻生子了，不得不承認，這世界上他最愛的人，還是小妹，髮妻和孩子都得退居次位。

他永遠沒辦法忘記，阿瑞十三歲那年，跟閨密去踏青，卻被北蠻子劫走的那一日。他只覺得腦海轟然一炸，心臟像是穿心一道冰箭，痛極，也寒極了。

想也沒想，他往馬廄搶了一匹馬，打馬就狂奔。要不是大娘鳴金全院閉戶，他就衝出去和北蠻子死拚了。

滿臉是淚的大娘吼他，他也發狂的吼回去，幾個大漢都沒能抓住他，最後是大娘把他抱在懷裡大哭，要他冷靜，等父親點齊人馬，他才勉強控制。

後來跟著父親的親兵們去尋，他一直都是跑最前面的。

從那時候他就知道，阿瑞在他心目中永遠是第一位，是絕對不能失去的親人。或許父親、嫡娘過世，他會難過。或許李璃遭到不幸，他會痛哭。

但阿瑞出個三長兩短……他覺得自己是活不成的。

天幸她居然伺機殺了北蠻子，還救了閨密，搶了馬，自己逃回來了。可也那麼不幸，她的閨密因為失了清白，等於是被家裡人逼得上吊了。

一年。整整一年。阿瑞幾乎沒笑過，只是竟日沉思，更不怎麼說話了。他每天都來哄她，幫她梳頭，拉她出去散步，逼她練武。

他害怕的，沒錯。若是阿瑞從此傻了怎麼辦？可也覺得沒關係，爹娘和阿璃若覺得麻煩，他可以養阿瑞的，養一輩子。

沒保護好阿瑞，是我的錯。他就該跟著她們倆去，不是去讀什麼破書。更不該相信那幾個家丁能保護好她。

但是第二年，阿瑞終於會笑了。可她卻決意去從軍。

他捨不得，非常捨不得。但為了阿瑞的笑，他違背心意的勸服了家裡所有人，誰也不知道他有多擔憂、多害怕。

細心的梳好了頭，綰了髻。李玉這才看到她的後頸一道新疤，蜿蜒到衣領底下。他又痛又氣，輕撫著疤，語氣很不善，「這又是怎麼了？」

李瑞讓他摸得發癢，縮了脖子。「……人在江湖飄，哪能不挨刀？」

「我馬上把妳調回京城防戍！」

「……哥啊，」李瑞沙啞的嗓音有些發悶，「你跟二哥，真是大燕朝兩個極品妹控。你們倆稱第二，真沒人敢稱第一了。」

幾次三番想開口，但看著大哥的紅眼圈，還是乖乖閉嘴聽他嘮叨。

她從軍後就一直很忙，哥哥們也都考取功名，紛紛離家。一家子聚少離多。大哥性子溫純，心思又重，真的毫無保留、推心置腹的，也不過她這麼一個人。

可惜她的性子類其母，冷靜理智，說白了就是拙於表情，只能靜靜的聽。

可她兩個哥哥最心疼她的就是，這個備受寵愛的小妹子，那種專注又心平氣和傾聽的模樣，一點小性子也不會鬧。

「……那個人，也回京述職了。」李玉生硬的說，連忙補一句，「放心！我一定讓他回去嶺南繼續吃荔枝！」

李瑞啞然失笑，「哥……都過去五年了，罷了。別公報私仇……何必呢？」

李玉冷哼一聲，「我夠厚道了。阿璃本來是想讓他去瓊州（海南島）牧馬兼釣魚的。」他俊逸的面容猙獰起來，「什麼骯髒貨，敢欺我李家無人，求也由他，休也由他?!……」發了好大一通脾氣。

李瑞撫了撫額，「哥，我都不記得、放下了。糾纏下去，人家還以為我不甘心呢。不要有瓜葛，省得污了自己的手，跌身分。」

她難得軟語勸了又勸，才勉強勸住她哥哥的斬首報復行動。

可李玉心底真不是一點點難過而已，想想妹子吃的苦，疼得骨頭發痠，一把抱住她，差點眼淚就滴下來。在他心目中，不管長多大了，阿瑞還是那個肉呼呼的小ㄚ頭，讓他抱著背著打青梅、黏知了。

也不怕讓鐵甲硌得慌。李瑞暗暗嘆息一聲，安慰的環抱大哥，拍拍他的背。

「哥的家永遠是妳的家。」李玉微哽的細聲說，「早知道妳嫂子那麼不待見，當初就不該娶了她。」

終究還是說了呀。李瑞輕嘆，責怪的拍了李玉一下，「哥你說這什麼寒人心的鬼扯，以後我不敢來了。」

追根究柢，還是大哥的妹控無藥可救，她才不敢多來啊。

梁恆回京，她早就知道了，還嚴格訓誡部屬不准多事。會來探望大哥，也是想伺機解釋開來，不要再針對了。

她十四歲從軍至今，還是嫁過一次了。

那時北蠻入侵，冀州告急，十七歲的她跨州借調。

那時的李瑞，領著哀軍隱然成名。打了三個月，多次馳援並肩作戰，少年俊朗的梁恆愛慕了李瑞，親自上門求親，親口允諾她娘親，絕不納妾。

梁恆本來是將門子弟，這仗打得漂亮出色，朝裡有人，戰功彪炳，當然可以鮮衣怒馬的帶著新婚妻子回京等候任用。

但在戰地生死與共，相互掩護馳援，李瑞自然是值得傾心的愛人。可她畢竟是個將士，要繁文俗禮的當個稱職的官太太，實在有困難。純衣銀甲的她，英氣逼人，可穿上命服，卻只是尋常姿色少婦。

梁府累代將門，規矩已經不是一般的大了，很不待見這個出身軍旅的媳婦兒，嫌她粗俗無禮。

更重要的是，她的父親，不過就一個形同遠貶的幽州知府。兩個哥哥，一個在兵部做個文書的八品小官，另一個不過是個窮翰林，對梁家千里駒能有什麼幫助？

婚後半年，梁恆已經冷淡很多。梁家老將軍又聽說了李瑞十三歲時曾被北蠻子劫走，大發雷霆之怒，痛斥梁恆為何娶這玷污門庭的不節之婦，鬧得挺歡騰的。

最後開了宗祠族議，降李瑞為平妻，另聘鄭太尉的嫡孫女為正室。

李瑞一直冷眼旁觀，沒什麼表示。等族議已定，她自請和離，梁家立刻照准。當天她就自黥其面，單騎奔回幽州銷假復職。

離她成親滿周年，還差三天。

不得不說，梁家的情報工作很不到位。

李父容錚的確是形同遠貶的幽州知府，可他拜把的兄弟，卻是素有「天子之劍」稱號、捍衛邊關的楚王。李玉當時的確還是個從八品兵部文書，但有楚王這層關係，他又任職了兩年，上下處得頗相得，難能可貴的是，和同僚交好，時有周全。

李璃表面上是個窮翰林，事實上卻是京裡數得上號的皇商，還領著一個太女侍講，皇太女沒事就喜歡招他進宮談詩說賦，很喜歡這個性情佻達灑脫的遠房堂弟。

也就是說，梁家這次把皇親國戚、兵部、翰林院，一次得罪到底。多種願望，一次滿足。

首先發難的是李璃。他這個妖孽絕美，風流倜儻的才子，編了齣雜劇《哀木蘭》。就是續著花木蘭退伍嫁人後的故事。雜劇裡花木蘭嫁給了同袍，可這個將軍大人卻慕富貴拋糟糠，降妻為妾，欲娶樞密使嫡女。

木蘭怒斥夫婿，碎玉珮絕恩義，重新束髮整鞍，奔赴邊關殺敵，最後以身殉國。

「似這般夫妻恩義皆拋躲，淚漫巾幗帕。倒不如捨身報皇君，國卻不負我……」

這段出自《哀木蘭》的唱詞，瞬間轟動了京城，大街小巷都唱遍。

這時代沒什麼娛樂，梁家的八卦早就傳開了，加上《哀木蘭》的風傳，更是沸沸揚揚。

李玉看火候差不多了，宴邀兵部同僚喝酒看戲，戲當然就是《哀木蘭》。看到一半，李玉借酒放聲大哭，「痛哉！眾哀木蘭，何人哀我無辜巾幗妹！」聞者無不涕下。

於是少年得意，出身世家將門的梁恆，讓翼帝打發去嶺南吃荔枝了。

（當時的嶺南，除了荔枝和瘴癘，什麼也沒有……）

李瑞一直到復職半年多，才知道這回事兒。

哥哥們都把我當琉璃做的，一碰就碎哪。她搔搔頭。其實也沒什麼，只是她不適合嫁人，事情過了就算了，哥哥們幹嘛把事情搞得這麼大……

可不讓他們出這口氣，事情可能會更大……還是先別管吧。

哪知道五年過去了，哥哥們的氣還沒消。

罷了罷了，得饒人處且饒人。吃了五年荔枝，也已經太上火了。

當然現在的她，沒辦法像五年前那麼瀟灑，單騎離京。最少也要跟皇帝說一聲。

她婚變時正好是長慶二年，翼帝登基不久。現在都長慶七年了……光陰似箭。

這個遠房堂姑待她很和藹，行過國禮以後賜座，態度溫和，還問起她的父母。李瑞苦笑，含蓄應答了幾句。

說起來，堂姑奶奶鳳帝陛下待她也好，可提到她父親都是破口大罵，「真不知道堂哥在想什麼，怎麼會把燦兒嫁給那個口無遮攔的草包！」

這一點，其實她也納悶，連她那不同母的大哥都悄悄問過。

當初容錚赴江南為縣令，意外的如魚得水。

縣令這工作坦白說就個夾心餅乾，下有刁吏，上有等著送禮的上司，想當個清官都不容易。

可這個幾年前還是紈褲花花公子的年少縣令，既不清廉，也不貪婪，甚至也沒怎麼改動上下的既得利益，就把這一個縣治理得風調雨順、國泰民安。

只能說，她老爹不愧是脫胎換骨的上等紈褲，文官來得，武將來得，應酬得大家歡喜。他沒斷上下財路，只是居中略做分配，讓小吏佔大份，上面的長官佔小份。

看起來似乎頗不可思議，但卻十足有效。孝敬長官一萬和八千其實差別不大，可漏下的差額卻可以讓小吏們撐死。找商戶和豪門「贊捐」，總好過找小老百姓一毛五文的慢慢擠。

這麼一點小小的改變，大大緩過氣來不被擾的百姓感激得稱呼「李青天」、「李父母」，利益沒有被觸動的官吏們也交口稱讚，被宰的商戶和豪門也覺得李縣令刮得還不太深，能忍受。

於是三年任滿，李容錚得了一個「特優」，准予回京述職。

鳳帝一看，唷，還是我們慕容老家的女婿，這麼來得，不禁龍心大悅，破例召見了這個俊美無儔的少年縣令。

一時之間，官運亨通、炙手可熱，儼然成為簡在帝心的新貴了，很有可能回蘇州當知府。

可小白就是小白，江山易改，本性難移。志得意滿之餘，未免得意忘形，沒注意到多少人妒恨。一次酒後大放厥辭，批評先帝眼光太差，「以為當今聖上沒睡飽，沒想到是眼睛太小，睜不開。先帝這眼光真是值得商榷，嘖嘖……」

於是被批評為眼睛小的鳳帝，讓小白從蘇州知府，成了幽州知府。

「輕薄無行，嘴巴不帶門閂的！」鳳帝朝著小白老婆慕容燦吼，「讓他去吃幾年風沙吧，看能不能學乖……朕這是保他，不然落到言官手上，滿門抄斬都有可能！那些賊文官，編派死人是拿手好戲……」

這就是為什麼，升官了的李容錚，拖家帶口、灰頭土臉的去幽州吃風沙，和結拜大哥鎮守燕雲的楚王當鄰居的緣故。

一直到鳳帝駕崩了幾年，翼帝腳步穩了，才讓李容錚平調蘇州知府，結束了吃風沙的日子。

不過也不見得全是好意吧。李瑞默默的想。鳳帝一駕崩，翼帝登基第一件事情，就是將楚王改封蜀地，開始分化燕雲十六州諸軍。大概也是怕這個王叔坐大……而她那個嘴巴不帶門閂的老爹，幽州民政卻抓得很好。

把他平調到蘇州，大概是拔除最後一點楚王的文官勢力。

至於李瑞封侯……那也是帝王心術的一部分。軍中女子非常稀少，她跟幽州友軍交情實在不怎麼樣，在遍地封伯封侯的幽州，只是讓幽州多投一點變數，不會團結成一塊。

名義上，她領五百戶的封格，卻封在本來就屬於她轄管的六小屯就看得出來。這六小屯養軍兩千，軍費和既有屯糧就只能小有富餘……難道她還能黑心添上王祿？真夠黑的了。封侯還沒有薪水領。

翼帝和她話了幾句家常，溫柔的問，「梁恆回京，你們可見過了？」

靠，正戲來了。

「回聖上，微臣忙於雜務，並不知道梁將軍回京。」

翼帝微笑，含蓄的說，梁恆在嶺南守土有功，非常劬勞，到了這把年紀，卻連個正妻也沒有，實在可憐云云。

人家金枝玉葉，幹嘛陪他去嶺南吃荔枝？婚事當然是告吹了。

李瑞委婉的說，她已身許大燕，「願以身報皇君，國必不負我。」

翼帝一下子被噎住了，只好悶悶的轉了話題。

梁家大概要起來了。離宮的時候，李瑞默默的想。翼帝想掌握一票乖順的將門，這也無可厚非。但要把她當成祭品來個破鏡重圓……那是想也別想。

又不是白癡，跌次火坑燒不死，還哭著喊著主動去跌第二次？

這梁家是想啥鬼，還去求翼帝當說客……對了，她封侯了，可以蔭補夫婿，最少也是個伯。

這群人真沒原則。她搖了搖頭。

李瑞離京時，謝絕儀仗，單騎匹馬絕塵而去。

離京三十里後，才有兩個部屬隨從並騎，她帶來的三十名部屬漸漸歸隊，個個黑衣烏甲，純黑斗篷，無盔卻覆面，和李瑞的打扮幾乎沒有兩樣。

自從楚王改封蜀地後，李瑞更確定了翼帝多疑的性格，被招回封侯，就把部屬散在城外，單騎入京，以泯除翼帝的多疑。

畢竟她李家一門崛起，官位雖然都不甚高，不是鎮守一方，把著國家兵之大事，或在帝君之側。已經在文官這邊佔了一個重要的位置，若是她在軍事上也重壓一錘，就太可慮了。

所以她單騎入京，坦坦蕩蕩，所帶的不過是三十女兵，唯有騎術可稱道，還退卻三十里駐紮，不敢略窺京城，敬服之意，溢於言表，這才讓翼帝放下心來。

想來是熬過這關了。李瑞默默的想。能離開京城真是讓她心花怒放，在那鬼地方連呼吸都困難。翼帝不待見她還裝得一副備極榮寵的模樣，讓她雞皮疙瘩直冒，還不能表現出來。

但外人怎麼會知道當中的門道？百官看到的是，翼帝的恩寵並重，想到的是，李瑞的娘出自第一世家慕容府，皇親國戚。父親為蘇州知府，一方牧守。兩兄在朝，連「天子之劍」楚王殿下，都是李瑞的老上司……

於是她沿途打尖的驛站驛館，成了許多外官的爭奪場。

這位新任燕侯非常無言，只好打擾沿途的知軍府。大家都是軍伍中人，總安靜些吧？

可在臨州知軍府的頭夜，知軍大人很貼心的，送了兩個面目姣好、煙視媚行的美少年「暖床」。

張目結舌之餘，李瑞好聲好氣的請他們走，忍住全身的雞皮，盡量不傷人的把他們拎出去。

天一亮，她逃命似的領著三十部屬趕路。

結果到了嵐州，她夜宿知軍府，這次嵐州知軍大概和臨州知軍通過消息，這次送上的是五名美麗的歌姬……女的。

她仰首四十五度，憂傷得非常明媚……然後大步向外，拎著軍毯和她的愛馬睡了一夜。

為了這些讓她淚流的男災女禍，可憐的燕侯將軍過府縣不宿，當作是斥候野外訓練，搭帳篷睡野地的趕回幽州。

直到回返幽州賢良屯，她才往床上一撲，睡了個昏天黑地。心底感慨，她就算行軍千百里、血戰數月，也沒這次上京這麼累過。

她的駐地賢良屯，名字的確很奇怪。但這也是個空前絕後，絕對不會再有的女屯。

賢良屯的前身是個織造坊，創於李母慕容燦之手。

當初小白容錚被踢來幽州，一路哀聲嘆氣，可到了幽州，他那天生的盲目樂觀又爬起來，興興頭頭的幹起他的知府。而他的盲目樂觀，要歸功於慕容燦的呼嚨功力已登化境之故。

燕雲十六州，是防堵北蠻子的第一防線，許多兵源都徵於此，長年征戰，導致戰地男女比例嚴重失衡，物以稀為貴，也因此女子地位非常卑下，連兩代女帝都沒有絲毫上升的傾向。

在這種情形下，女子若非年少美貌、陪嫁眾多，就幾乎嫁不出去了。一男多女求不希罕，當得上寡婦還算是積德的怪現象，也越發畸形發展。

於是在這種風氣下，被糟污的女子，除了上吊投水，幾乎都沒有活路。

但當時北蠻子大軍在屢屢被楚王挫敗之後，想出一招陰毒的計策。他們和境內半走私半搶劫的馬賊合流，化整為零，成為小股流寇打草穀，那時的資訊又不發達，等官兵殺到，人家早就揚長而去。要剿，北蠻子的營盤在千山萬水之外；要撫，北蠻子今天唯唯稱是，明天換個部族來搶。

在這種流竄之下，許多婦女都被糟蹋了，可北蠻子刀下留人，社會風俗卻逼她們去死。因為養著費糧食，嫁又嫁不出去。乾脆用個貞潔的大義逼死了事。

這種情形讓慕容燦非常難以接受。她這個知府夫人開始收留這些不幸婦女，想安置在州城內。可她一選定地址，周圍的居民就群情激憤，非常抗爭，讓她無可奈何。

她是頂得住壓力，可她收留的婦女卻輕生了幾個。

這「禮教」撕開漂亮外皮，不就一洪水猛獸。

最後只好將這些婦女安置在五十里外的軍屯區，開辦了織造坊。牧羊收購羊毛之外，又從高昌國重金購進棉種，植麻種棉，規模漸漸擴大，成了專造軍衣的重鎮。

雖然說，這屬於知府夫人的私家產業，明面上不能開屯。可楚王給了許多方便，讓這「織造坊」略減尺寸，夯土造牆，靠鄰近五小屯協防，終於是有個安身立命的地方。

許多不想死的不幸婦女跋涉數州來織造坊求生。幾次五屯來不及救護，這些被逼到絕境的婦人拿起鋤頭和剪刀和這些北蠻子拚命。

但織造坊還是存活了下來。

但這個沒名沒份的織造坊日益富庶，周遭五小屯越發眼紅。雖然織造坊贊助的軍餉非常厚，但再怎麼厚也不如把個織造坊攢在手底不是？

重。

就在李瑞遭劫後一年，五小屯袖手旁觀，讓沒有個人武力的織造坊被洗劫，死傷慘

當時十四歲的李瑞這才毅然從軍，直接走後門去見楚王，讓她以織造坊為基礎開屯，名為「賢良屯」。

於是大燕第一個女屯出現了。也是這個女屯，養出大燕最精良的斥候小隊，更在此，誕生了第一個大燕女侯爵。

就是這個女屯，正面衝撞了燕雲吃人的禮教，導致許多婦女也雲湧而來，效忠於燕侯將軍麾下。

女子為將士的燦爛篇章，就由這個女屯展開。

* * *

李瑞對「十三」這個數字有種說不出的恐懼。

就是她十三歲的時候，遭遇了巨變。一小股流竄的北蠻子打劫了他們，她被挾持到路旁的草叢裡。

作為一個年紀這樣小的荳蔻少女，無疑的，她很冷靜，甚至沒有多做抵抗。只是那個臭死人的北蠻子亂摸亂親，忙著脫她衣服時……她覷緊了時機，一金釵要了他的命。

自幼和母親習武，不是學來當花架子的。

她甚至偷偷尾隨在這些縱情殺戮淫虐的北蠻子後面，搶救了呆若木雞、衣衫破碎的好友，付出身中六箭的代價，和好友一同奪馬逃出險境。

雖然事後她抖得厲害，也嘔吐不已，但心底還是慶幸的，並不怎麼畏懼。她和好友性命安好。她的娘就常說，人只要還有一口氣，就什麼都來得及。

但她付出重傷救回的好友，卻在返家不久，被逼得上吊，變成一具冰冷的屍體。

她想不通，完完全全想不通。

真正讓她畏懼的，不是會死掉會流血非常難聞的北蠻子。而是這些將她們往死裡逼的鄉里。

那一年，她苦苦的想，苦苦的思考。

不是她被嚇呆了、嚇傻了。而是她牛脾氣倔上來，非要想通這個關節不可。她想明白了男女失衡的問題，想明白了禮教吃人之處，就在她咬牙切齒卻無法可施的時候，剛好織造坊遭難。

這個織造坊，她跟母親來過。母親要忙的事情實在太多，許多戰地孤兒要安置，民政要疏通，靠她那個請客吃飯的父親是遠遠不夠的。她跟著母親去探望這些神情陰霾的婦女時，心底只有一種居高臨下的同情，卻沒有更多。

現在，現在。

現在她心底深刻的忿恨和悲怨湧了上來，完完全全的感同身受。

是她們的父兄、家國護不住她們，難道是她們的錯嗎？同樣是大燕之民，為什麼其他子民能夠得到國器重兵的保護，她們卻被排除在外呢？

但能怪其他人嗎？在遭難之前，她也不比別人更好，不也抱著廉價的同情嗎？

那天她發洩似的打斷了四根槍，射了三壺箭。看著自己有繭的雙手，這個年少的女孩發起怔來。

我學武多年，所為何來？

那一天，原本懵懵懂懂的李瑞突然驚醒了，起了一個驚天動地的大變化。自那天起，她從一個孩童，徹底蛻變成一個成熟的大人。

眾人皆棄，是吧？家國不保護她們。沒關係，我來。

我學了那麼多年的武藝，總不是耍花架子準備取悅未來的夫婿吧？古有木蘭從軍，今天不能有個李瑞守屯麼？

這就是為什麼，李瑞會毅然從軍，不惜走後門跑關係。她要一個名分，一個合理養兵的名分。她不求建功沙場，但絕對不要眼見和她同命的倒楣婦女們不同運。

於是，賢良屯開屯了。在楚王撥下的軍費和母親的私房贊助下，修起一個非常堅固結實，傲視諸屯的小城。但是楚王點名的軍營卻頂著軍令不肯開拔進駐，因為那屯都是不節之婦。

李瑞沒有憤怒也沒有爭辯。這個年紀還很小的駐屯官，轉向自己屯裡三千餘屯民招兵。

讓她意外的是，幾乎全屯都請戰，氣氛非常哀戚悲壯。

最後她只甄別取了二十名年輕婦女，幾乎都是北逃胡漢混血的女兒，騎馬是不用教的。其餘她取了一百名預備軍，用以守屯。

這是賢良屯第一支屯兵，皆是羸弱之婦，沒有受過任何訓練，拿不起刀，舉不起槍。但是逼到絕境之人，有股強烈血腥的乖戾，悲憤沖天。

李瑞去向楚王親自請旗，楚王正在帳內，預備剿滅正在集結的北蠻大軍。

「哦？已經整好軍了？」楚王有些意外。他雖然憐憫這些女子，卻不認為李瑞能改變什麼。他之所以支持，是因為織造坊對燕雲的軍衣供給日漸重要，而李瑞頹唐近年，若這件事情能讓她恢復元氣，也不妨順勢應之。

「想叫什麼名字呢？」他打算親書軍名，最少那些桀驁不馴的軍頭，還能賣點面子。

「哀軍。」

楚王瞪著她這個頗類其母，冷靜淡然的世姪女，目光漸漸柔和。「……確定嗎？」

「確定。」

他點了點頭，親書了張揚如劍芒的「哀軍」，賜了軍旗。

日後這個繡了「哀軍」的軍旗，成了幽州無人不膽寒的旗幟。

哀軍始建，原本這個年少的駐屯官是很沒底的。

連招募工匠築屯城都很困難——名聲擺在那兒，就算同情這些倒楣女人，也得怕議論。

李瑞很急，非常急。北蠻子的習慣是秋天打草穀，夏收小流竄。這波秋天打草穀過去了，夏天的小流竄也不太會深入到州城之側，但冬天難以築城，頂多能備石料，她的時間真的很緊很緊。

可開春了，她居然招募不到工匠，就算她是知府女兒也沒用，她們家也不是那種仗勢的官家。

最後是老爹耍無賴才募到工人——關在大牢白吃牢飯的，擇輕犯以工代罪，幾年的牢，苦幾個月修城就算了。這些倒楣犯人大半是欠稅、街頭鬧事，還有些是逃兵。

但這些犯人的工作情緒不高，進度遲緩。最後是屯民自發性的來挑石頭築城牆，才讓工程進度趕上。

於是就形成了一個很古怪的現象：這些應該手拿針線或者相夫教子的閨閣女子，吃力的挑石挑擔，幫著築板夯牆，讓那些混吃等死的犯人愧煞。

在同時，生嫩的駐屯官李瑞，在母親的幫助下，開始練兵。

其實，在接下賢良屯的時候，李瑞湧起幼時就有的疑惑：她的娘親，到底是什麼來路？

賢良屯的帳目真是讓她越看越驚，呆若木雞。她的母親創下織造坊，薪資給得很高，也賺了不少錢入口袋，卻還能成立一筆「基金」，就是準備拿來築城的。

屯城能築，沒有資金上的困難，就是她的母親高瞻遠矚的存下這筆築城基金，楚王和李家略微贊助……其實只是打掩護，不讓外人眼紅而已。

等她再細算，心底湧起古怪的感覺。周遭五小屯，養軍一千，已經叫苦連天。可照她的餘糧和收入來算，一個賢良屯，足可養軍兩千綽綽有餘。

因為五屯以糧養兵，種的都是稻麥雜糧。可賢良屯是這時代少見的「紡織業」屯，以工商養兵，實力是很驚人的。

尤其是之前的織造坊早就進入流水化作業，軍衣的完成快上別人的好幾倍，質量上是超越時代的輕暖，早就被第一線的精兵指定，也因為織造坊的軍衣，減少的非戰損（凍死）無可計算，才讓楚王開始重視起來。

這，都是知府夫人慕容燦默默經營十來年的結果。

但最讓人吃驚的卻不是這些。而是知府夫人成為賢良屯第一任教官，開始有效率的打磨這些羸弱的婦人，用李瑞很熟悉但外人看來匪夷所思的方法，讓這些拿不起槍、揮不動刀的婦人成為令行禁止，充滿肅殺之氣的娘子軍。

「我能幫的不多，」慕容夫人無奈的說，「但我能找幾個老兵來教妳們使槍、騎射……其他的得妳自己摸索了。冷兵器時代的戰爭我實在不行……」

……不行？李瑞真不知道要說什麼。她這支哀軍進退有據，體能在短短幾個月就大幅增長。這一百多把的木槍是削減尺寸重量的，用於戰陣可能沒有任何用處，但用於守屯和小股流匪對抗，已經太多了。

慕容夫人只教她們槍刺之術，但這單調無比的槍刺，卻在五人一伍的配合之下，成了極大的殺器。

在秋天城牆來不及完全築好時，只訓練了幾個月的哀軍，證明了槍刺之術的強悍，和哀兵必勝的堅強。

五、六十個小股流竄的北蠻子，在其他五屯的冷眼旁觀中，撲向城牆還未築好的賢良屯。卻讓拒馬之後的哀軍刺槍之下，惡狠狠的堵住了騎兵的衝擊。

雖然幾乎付出一半的傷亡，對方才損失五、六個，但李瑞領隊的二十騎兵出其不意的攻擊側翼，餘下的哀軍又不要命的出陣攻擊，讓這支北蠻子扔下二十幾具屍體潰逃。

那是一群瘋婆子，可怕的瘋婆子。

這是一場慘勝。這一場小小的戰役，讓初建軍的哀軍損失了三十四個姊妹，輕傷十七人，重傷成殘的六人。二十騎兵只剩下十四個，李瑞差點被砍掉了胳臂，居然能傷癒，她自己也覺得很訝異。

但這場勝利讓全屯士氣大盛，許多屯民哭嚎尖叫狂笑，發洩她們多年的鬱悶和忿恨，把北蠻子的血抹在自己臉上，如顛似狂。

也因為這一役，看著死難的姊妹，李瑞痛徹心扉，做了一件事情，讓哀軍真正成為敵人股慄顫抖的勁旅。

她上表給鳳帝，請楚王代轉。哀婉悽楚言及這群女子的悲苦無告，和誓願與北蠻抗爭到底的死願。但她不求功、不求賞，希望能讓死去的姊妹陪祀皇陵，英靈不遠，永護江山。

原本李瑞的想法很樸素。她這些姊妹一輩子最痛苦的就是被打上一個不貞不節的烙印，永世不得翻身。活著不能幫她們平反，難道死了還得帶這污名下葬嗎？

如果能夠陪祀皇陵，她們的貞節就不會再被質疑了。因為那是忠臣烈士才有的待遇。

但鳳帝不愧是千古一帝，善於審時慎度。她年紀漸大，而朝廷為了皇儲性別屢有爭議。但這場純為女子所創的「大捷」，一下子就能把性別問題堵死。

她不但准了陪祀皇陵，還特別為此設了烈女祠。只要是為國為家而戰亡的巾幗，都當入主烈女祠，並且由地方旌表，築造貞節牌坊，榮及父母祖先。

這在李瑞看起來沒什麼用處的虛榮，卻讓整屯的屯民眼神都轉變了。就是這個一點實質利益都沒有的榮譽，讓賢良屯的哀軍，成為最悍不畏死，爭先恐後殺敵不懈的可怕部隊。

因為她們的名譽，就繫於此。

也因為這個榮銜，讓許多燕雲女兒放下針線和鋤頭，拋棄不把她們當人看的家庭，齊齊湧向賢良屯……

李瑞的一切，甚至賢良屯的一切，完完全全是被逼出來的。

守城戰的巨大犧牲，讓李瑞悚然以驚。她雖然有著賢良諸民類似的歷程，卻和她們想法大不相同。她絕對不願意拿屯民的性命去換一個虛無的名聲，即使她們都願意。

而且，她不是只為賢良屯負責而已。

當時的軍屯除了主要屯城，周邊屯田各有小村拱護。畢竟一屯之地非常廣大，不可能讓所有軍戶走上半天去耕種再走半天回屯城。之前北蠻子都是數個部族結成大軍浩浩蕩蕩的來掃蕩糧倉和軍屯，畢竟這些才是糧食集中之處。而開始有暮氣的大燕朝，邊屯不修、糧倉守衛鬆散，幾乎都是一觸擊潰，毫無鬥志。

但是楚王經營邊關之後，這種優勢就碰壁了。加上幾個鎮邊大員擅長經營，邊屯和糧倉成了銅牆鐵壁，駐紮重兵。鳳帝又一改大燕漸漸傾向的重文輕武，北蠻子要打草穀變得困難起來。

於是北蠻子不再糾結部族，而是放任各部化整為零，以少數的流寇形態牽制多個軍屯，譬如拱衛州城的五小屯，大部隊卻撲向這些衛星村落。

賢良屯雖然不種糧食，但有六個村落幫她們植麻種棉。這算是一種超越時代的契約式農作，這些土地原是軍屯，由慕容燦向軍方租賃，交給六村軍戶種植，保證收購固定的量，富餘的看是要交給織造坊收購，還是讓外面商人購買，悉聽尊便。一直到賢良屯開屯，才從租賃變成賢良屯的屯產。

他屯是不管那些衛星村落死活的，但慕容燦主掌的時候，就自掏腰包讓這六村立起木寨，頗有自保能力。

李瑞一直對她母親的高瞻遠矚感到驚訝，現在更是佩服不已。當初只是個織造坊時，坊內就有嚴明的階層和相當程度的自治。換個名字就可以成軍隊或村鎮。連外圍村落都有結寨自保的能力……而她的母親甚至不是把所有精力都擺在這兒！

「妳不了解，」親自帶著百名家丁來幫李瑞守屯的慕容燦很無奈，「北蠻子這招實在太陰毒。馬賊給他們帶路打劫，這些村落被燒殺擄掠一番，怎麼過冬？官府一年救急、兩年救急，難道能救一輩子？一時顧不過來，老幼饑寒而死，少壯就鋌而走險成了馬賊，北蠻子能夠勾結的對象更多，官府治安和財政雙層窘迫，邊關日衰，漸漸空虛了。

將士再怎麼能打，後背空虛，甚至有跟北蠻子勾勾搭搭的馬賊不懷好意……這是個狠毒的蠶食之計，不用花北蠻子一毛錢，還可以搶得腦滿腸肥。

真的要破解這樣的惡性循環，只能讓衛星村有自保能力，最少要撐到官兵來援……」

但慕容燦真的有心無力，她的構想很受容錚和楚王重視，但軍屯屬軍政，這攤事情不屬於楚王直轄，雖有諭令，但諸屯陽奉陰違，成效不彰，她只能顧好自己身邊的一畝三分地。

李瑞想了很久，最後是領著剩下的十三騎，擔起偵察的重任。

她巡邏過六個村莊，父老痛哭失聲的道哀。雖然有木寨可自保，可是北蠻子來去如風，在田間農作的村民來不及逃跑。以前北蠻子還會驅趕這些村民往村寨跑，藉此破寨。後來這招失效了，還曾經抓住這些村民，在寨外一一斬首，威嚇村民開寨。

如果，如果先一步發現北蠻子的蹤跡，那田間勞作的鄉親就可以早點逃回寨子，明顯弱勢的賢良屯也可以早一步準備守屯。死的人……應該會比較少吧？

就是這樣樸素直接的想法，大燕最精良的斥候小隊，踏出了第一步。

一開始，真的是非常困難。因為從她以下，不曾有人受過斥候訓練。一切都是慢慢摸索出來的……也可以說，被逼出來的。

等秋天結束，初冬的第一場雪後，北蠻子斂跡，可她手下的十三騎，只剩下五騎。可以說，這支斥候小隊的首章，是用鮮血和性命寫出來的。

在漫長的一個秋天，從生死中打滾過去，原本慌亂無助的斥候小隊，漸漸歸納出些許優勢和弱勢。

就弱勢而言，要比騎射，李瑞和她的斥候們是拍馬也趕不上，所以她迅速的拋棄了馬上騎射的訓練。但要比正面技擊，女子天生的體力弱勢，加上不足的訓練，這也是不須提的。

可她們還是有優勢的。

比起力大身沉的北蠻子，斥候們都體小身輕，長途奔馳追逐時，馬力能經久一些。不要小看這一點點耐力，這往往就是生與死的區別。又因為身輕靈活，更容易在馬上做規避動作——這是有回李瑞被砍斷一邊腳蹬，差點跌下馬又拉住邊轠，反而逃過一刀的領悟。

為了擴大優勢，李瑞在選甄和訓練上，更側重於外人看來是華而不實的騎術，甚至人人都需要能避入馬腹下又靈活上鞍。為了這個，沒人不跌個半死，還得躲著不被馬踩死。

也為了這些馬上規避動作，整個馬鞍都做過特別的改動。

既然把生命幾乎都寄託在座騎上，又不能讓馬披甲減緩速度，被逼急的賢良屯居民集思廣益，從她們擅長的織造功夫裡頭，硬編造出能有效抵擋弓箭的馬氈甲。

一確認馬氈甲的確能有效抵擋弓箭，李瑞立刻重賞發想者和造甲者頭等戰功和金銀。

那個已經白髮蒼蒼、無力殺敵的造甲婦人不要金銀，卻感激得痛哭失聲。頭等戰功啊……這表示她就算無力殺敵，也能夠入祀烈女祠了。

而這個頭等戰功激勵了整屯的屯民。年富力壯足以殺敵的少婦畢竟不是絕大多數，駐屯官這樣的獎勵，等於承認了後勤也有機會累積戰功，直到能夠入祀烈女祠。

於是，缺乏經驗和訓練的斥候小隊擴編成四十人後，靠著屯民的巧思妙想和從未打過仗的前教官慕容夫人半生不熟的訓練，以及李瑞的堅忍不拔、臨機應變中，漸漸走偏了道路，和大燕朝傳統的斥候和軍隊越行越遠，成了一支奇特的偏師。

第二年的秋天，蹂躪全幽州的北蠻子，卻在州城六小屯處，惡狠狠的撞上了鐵板。入侵六屯區的北蠻子，悄然無聲的，再也沒有回去過。

在熱烈得宛如嘉年華的打草穀期，幾支小部隊消失並沒引起任何人的注意。直到在這個地區填了上百騎和數百漢人奴隸後，才開始覺得有些不對。

連那些帶路的漢人馬賊都不見了。

分配到幽州六屯區的部落叫做也該，是個約兩百帳的小部落。一百多騎的精壯再無蹤跡，是很大的損失。

但他們深入打探的探子，也都一去不回頭。

這個北蠻子小部落終於開始不安了。難道動作遲緩龐大的燕朝大軍，開始認真了嗎？但燕朝大軍應該在安北和幾個大部落的聯軍對峙才對。

最後長老們決定化整為零，從幽州防區的縫隙溜過，再集結三百騎好好教訓一下不知死活的南人。

但諸屯和村寨都緊閉，田裡的莊稼沒帶奴隸來也割不走，耀武揚威了半天，不要說失蹤的族中勇士，連個人都找不到。

滿腔怒氣的也該勇士們，奔馳到賢良屯時，眼睛一亮。沒想到這個塞滿女人的屯城，居然屯門大開，擺設拒馬，兩翼稀稀落落的四、五十騎，通通都是女人。

也該勇士們縱聲大笑，興奮莫名。南朝女人啊！細皮白肉的女人啊！滿滿的，滿滿的通通都是啊！

發現不是南人令人棘手的大軍，這些打草穀的勇士，非常熟練的上前套索，憑藉馬力將拒馬拖開，兩翼的女騎大概是嚇傻了，一動也沒動。

女人？嗤！就乖乖的成為奴隸，乖乖暖床，在身下輾轉呻吟吧。以為騎馬就可以成為勇士，拿起戈矛就能殺敵麼？

這些也該勇士看到拒馬後列隊整齊的長槍女兵，更逗引了殘酷的心思。他們列隊如錐，要一口氣衝垮這些女人結成的戰陣。

五百步……四百五十步……三百五十步。宛如錐形的三百騎兵發出如雷的馬蹄聲，壓迫得心臟都隨之如鼓擂，高大的馬和可怕的速度，不是親臨其境，不能體會那種宛如卡車正面衝擊的壓力。

往往一個衝擊未至，心理素質差一點的就會潰逃了。

這些女兵臉孔蒼白，但一步也沒退，只是斜斜的平舉長槍。

「坐～」一聲悠揚嘹亮的高喊，前排的長槍兵都蹲下了。

「試射～」又是一聲嘹亮，一發箭斜斜的插在馬兵未至的沙地上。

兩百步。

「拋～」嘹亮的嗓子帶著遠古秦腔的餘韻，隨著試射者的角度，長槍兵之後的弩兵，第一次拋射，呈現一個錐狀覆蓋範圍。五、六騎中了要害倒地，但其他騎還是氣勢驚人的衝過來。

「平～」弩兵拋下無箭的弩，換了一把，筆直平射，又有五、六騎倒下，但對這支騎兵來說，還是可以容忍的戰損，並沒有動到根骨。

但這些弩雖然射得很遠，覆蓋面積不小，卻是強弩之末，被沒辦法造成太大的傷害。對這些皮粗肉厚的北蠻騎兵，連盾都懶得舉。入肉不深，頂多是皮肉傷，還有人笑是毛毛雨。

百步內，女兵潰敗了，譁然讓出中路……露出後面的大坑。最前列的騎兵想要止步，卻被後面的騎兵撞得人仰馬翻，不是被踩成肉泥，就是被擠入大坑。

李瑞笑了。

她的小隊長吹起悶悶的牛角，發出嗚嗚若泣的哀鳴。李瑞舉起槍，槍尖讓陽光鍍得一閃。

「殺！」

極力的將自己縮在馬背上，靠著身穿重甲的昂然巨馬，四十騎從混亂成一團的也該騎兵的薄弱處切割過去，刺抹拖挑，在這些北蠻強盜的身上製造傷口。

「殺！殺殺！」長槍兵三五成群，瞳孔帶著強烈的殺氣，數人如同一人般，攢刺要害，漠視所有加身的刀斧劍戟。刺入、拔出，鮮血染紅了白槍尖，讓這群不戴盔的哀軍噴濺了一身豔紅。

原本，原本這些女人的願望都很卑微。穿著大紅嫁裳，嫁給某個漢子，操持家務，生兒育女。操心完兒女，操心兒孫。

原本是該這樣的一生。

而不是額勒白帛，白衣素甲，宛如舉喪的殺人。

一個女兵被彎刀砍倒，幾乎肚破腸流，她彎腰拄槍，吐出鮮血。痛，當然痛。

但是昨晚，將她們聚集起來的少年駐屯官說，「諸君，烈女祠見！」

是呀……我們終究都會在烈女祠再相遇。

血的顏色在她眼前模糊了。

呵呵，教官。妳瞧，我像不像穿了嫁裳？大紅嫁裳……

她奮起，撲向一個北蠻子，怒吼著，「諸君，烈女祠見！」一口咬住北蠻子的脖子，到死都沒有鬆開，活活咬死了那個北蠻子。

「烈女祠見！烈女祠見！諸君，烈女祠見！」哀軍的怒吼一波過一波，幾乎要上達天聽。

這些縱橫肆虐的北蠻子勇士怕了。他們頭暈目眩，腹痛如絞，隨著戰事的持續，站著就開始拉稀、腿軟，舉起刀劍越來越吃力，戰馬也紛紛軟蹄不起。

這些女人……是魔鬼、魔鬼！

這一役，也該三百騎只逃脫了十幾騎，但是沿途都有人嘔吐、拉肚子、虛脫，有的馬倒地不起。最後只有五騎逃回也該。

也該所有的青壯幾乎都損失光了，也該因此被其他部族併吞，從此不再有也該部落。

哀軍的名聲，初試啼音，異常響亮。

* * *

哀軍獲勝的手法，其實不怎麼光明正大，而且成本很高。

女子天生體力上的弱勢和訓練不足，其實一直都很困擾李瑞與賢良屯。這樣的孱弱之兵要正面衝撞兵強馬壯的北蠻子，無異以卵擊石。

不過，需要為發明之母。逼到沒辦法了，辦法自然就想了出來。

既然女子體力上的弱勢和訓練不足都得交給時間來解決……那就讓對方連女子都不如吧。

在這種思維之下，有個家裡賣過老鼠藥的屯民提出一個很陰毒的構想，因此獲得頭等戰功，並且撥了人手給她專門研究……怎麼製造砒霜。

沒錯，那些箭矢、長槍，甚至坑底的銳利木刺，都泡過砒霜。那個名為阿月的圓臉女孩，除了研究如何製造砒霜、降低成本外，還研究怎麼讓附著在武器上的毒能夠更毒一點。

其實這樣的砒霜量很少，通常經過血液之後中的毒也很輕微，頂多就是肚子痛、發虛、拉拉肚子，睡個一夜醒來就好了。

但哀軍的本意就不是要毒死他們，只是要降低他們的戰力而已。剩下的，就是以命相搏，狹道相逢勇者勝而已。

體力不足，訓練弓手又不是一蹴可幾的。正式管道申請不下來，李瑞動用了基金，購入一批弩。當初她的母親看到很訝異，無言片刻說，「……原來是十字弓啊……」

弩的缺點就是上弦慢，射速更慢。但上弦問題只要有後勤配合，弩手只管射就行了，但這樣就得購入大量的弩，讓李瑞為了財政傷透腦筋。

但她還滿喜歡這樣的傷腦筋。

誠然，她向父母或楚王叔叔開口，他們一定會盡力滿足她的要求。可她終究已經不是女孩……心態已經蒼老。

父親的知府不知道能做多久……一旦被調走，賢良屯就會失去一大助。楚王叔叔忙於軍務，對抗的是野心勃勃宛如餓狼的北蠻子，也不該拿一個小屯讓他煩心。

她得學著自己站起來才行。

這應該就是她下半生的家了。目光柔和的，看著一團一團正在說笑的屯民，她想。

她的母親成立織造坊，不知道為什麼，非常注重識字能力。若是不能學會寫自己的名字和數字，連伍長都升不上去。但慕容夫人並沒有成立規規矩矩的識字班，而是開啟了「讀經班」和「唱詩班」，而且鼓勵自發性的組建社團。

讀經班主攻的是佛經和道德經，色彩偏宗教性，藉著口誦經書學生字。唱詩班是人數最多，也最活潑的。所選的都來自詩經，但偏重在男歡女愛的詩篇。

唱詩班就不是用誦讀的了，而是配合著秦腔唱詩。唱起來悠揚婉轉，嘹亮清朗，每個人都會發本歌本，哼哼唱唱之餘，學姊帶學妹的認生字，學起來挺快的。

還有許多拉彈吹唱的小社團，或者像阿月那種研究怎麼毒死人的社團，林林總總。

每天吃過晚飯後，這些社團就熱熱鬧鬧的展開，吹散賢良屯些許陰鬱之氣。

她沒加入任何社團……但每晚都會坐在唱詩班附近，一面擦槍，一面聽她們唱詩。

這大約是她一天裡頭最喜歡的時候了。

但她後來才醒悟，母親不聲不響播下的種子，才能在她手底開花結果。因為習於組建社團，勇於發表意見，屯民多能識字，所以她帶著的斥候小隊才能成為真正的「斥候」，而不是拿去消耗的炮灰報馬仔。

每次出去偵察，回來都能聚在一起總結經驗，去蕪存菁，並且書諸文字，省了很多力氣。成員的複雜性，也讓她們教學相長。譬如北蠻子慣用的兀赤語，就是胡漢混血的隊員教的，並且設法多學幾種常用部落語。

連北蠻子說什麼都聽不懂的斥候，不算是斥候！

而一個精良的斥候，需要學的實在太多，非心靈手巧、身手敏捷不可。更重要的是……必須識字！

她漸漸將重心移到斥候小隊，而將哀軍的訓練轉移到原本織造坊坊長群手底。她設法請動了幾個因傷殘退伍的老兵來教導哀軍，但要想請到一個合格的斥候教官，卻是不可能的。

因為一個好的斥候幾乎都是諸軍搗著的重要寶貝，她費盡力氣、找了許多門路，才設法見了一個斥候前輩，希冀他能指點一二……結果她卻很失望。

那個所謂的前輩，連她斥候隊的預備隊員都不如。

她只能讓老兵帶新兵外出偵察，回來再總結得失，記錄下來分享。這個法子又笨又粗疏。但就是這樣粗疏的訓練，讓女人靈活的心眼發揮到極致。

就在她為了斥候隊和哀軍的裝備預算傷透腦筋時……馬貴、武器貴，特別為她們打造的盔甲，更貴。

朝廷願意為大軍花錢，卻不會為她們這些屯軍花錢，樣樣都得自己掏腰包。而賢良屯雖然收入不俗，但她抽調了三百名哀軍和一百名斥候隊不再加入生產，等於要用一屯之力專養四百個職業軍人。

而且還是裝備遠遠超過正備軍的屯軍。

正愁的不知道怎麼辦的時候，她一個心思特別靈活調皮的隊員，獻寶似的交出一疊分布圖。

那是幽州馬賊的分布圖。

那個叫做花妞兒的小姑娘大吹特吹，說她潛伏到馬賊的營地還沒人發現，甚至還能朝他們的草料裡投巴豆，讓那些馬站都站不起來。

「……有錢嗎？」向來沉默寡言的李教官聲音顫抖。

「馬賊能沒錢嗎？教官妳真是開玩笑～」

李瑞笑了。她的問題終於迎刃而解。

一直到最末，馬賊們都不知道幽州賊不聊生的苦難日子，只是因為李教官實在太窮的緣故……

且不提李教官如何利用冬天細心籌劃劫富濟貧的大計，大燕朝廷倒是因為哀軍的四百餘斬首鬧了一個沸沸揚揚，最終鬧出鳳帝怒扔寶硯砸相爺的好戲。

事情是這樣的。一屯孱弱女流，開屯才兩年，卻斬首四百餘北蠻子的首級，傾覆一個部落，這樣的戰功連男子漢都未必辦得到，何況是名為哀軍的一票娘子。

李瑞掂量這樣的戰功應該可以說上點話，在上表報捷的時候，順便提了提後勤的功勞，希望能以後勤累積戰功，無須上陣殺敵，同樣以「有益軍事」的名義准予入祀烈女祠。

當然讓李瑞動手腳報上去也沒什麼，可她總覺得後勤的確有功，還是希望官方可以承認，後勤也才好挺直腰做人。不然重前線、輕後勤，將來一定會出大問題的。

這本來是件小事，可是弄到朝堂上卻變成大事。

容忍一票污穢名節之婦開軍屯，看在楚王的面子上，就忍了。讓戰死的婦女進烈女祠已經頗有微言，看在人死為大的份上，也罷了。

沒想到這票不節婦如此無恥，這樣得寸進尺。竊據微末功勞，也想陪祀皇陵？

禮部尚書胡白絕對不能容忍這種事情！

這個白髮蒼蒼，相貌堂堂，頗有些仙風道骨的老臣，早就看不過眼鳳帝不守婦道，後宮蓄養侍從（鳳帝在位時本身沒有公開養面首，都名為侍從官），可惜鳳帝聲望極隆，他不敢觸虎鬚，剛好藉此發揮，痛痛快快的發洩了一頓對不節之婦的輕蔑和不恥。

如果是別的大臣，鳳帝說不定就和和稀泥轉話題，呼嚨過去就算了。可惜胡白只有個好皮相，屁股不甚乾淨，鳳帝想發作他已久，只是苦無機會。現在機會到手，哪能放過？

她猛然一拍桌案，聲色俱厲，「率土之濱，莫非王民。王民受異族蹂躪，朕之失也，百官之恥焉！黎庶仰朝廷若父母，朝廷不加撫卹，何以『不節』辱之？況以羸弱哀婦，不計朝廷之失，反以身殺敵相報。何謂節？此即節矣！國之蠹賊敢辱朕貞節烈女?!」

說完就把硯台砸了過去，雖然沒砸中，倒潑了一身墨。

第二天就把攢了許久的罪名大把大把籮筐的砸了。從胡白忤父逆母，氣死老爹，病死老媽，又停奉養父母的糟糠妻另娶，還有魚肉鄉里、吞併田土諸般罪狀一起列了，把他和幾個破爛不成材的子姪一起貶去瓊州牧羊釣魚，過過漁獵生活。

發了這麼大的脾氣，百官連氣都不敢大喘。鳳帝藉機發佈了幾個善政：開恩養堂收容孤兒貧婦，設婦科總研。寡婦再嫁無須過問夫家，禁止自殘婦女旌表節烈，並且勒令各縣學別開女學堂啟蒙。

但最讓人瞠目的是，女子特開科舉，會試通過可為吏。吏部之下更改制成兩科，分為官科與吏科。

看了邸報，慕容燦嘆息的跟李瑞說，「我這堂姑姑，方可稱千古一帝。就看我堂姊能不能堅持守成下去。從今以後，天下人口之半皆願為皇室效死了，還不費一毛錢。」

李瑞默然無語，只覺得這堂姑奶奶也太會做無本生意。

這事情早傳遍開來，還傳得非常完整，宛如親眼所見。遠的不用講，原本賢良屯的忠誠都屬於這個封閉小團體的，現在一股腦兒通通效忠在鳳帝陛下之下了，痛哭流涕之後言必稱聖上，那個忠心啊……甭提了。

而女子可為吏……要知道，官老爺多半不識時務，只會作文章，對民生百姓，吏才是第一線，真正的親民官，略識字的男兒卻都以為吏恥。但這恩詔一開，大概沒多久女吏就遍天下了。這大概就是老媽說的什麼……釋放勞動力。

但這些讀書識字的真正親民官，就成了鳳帝最忠誠的粉絲加親衛隊，皇室的耳目和喉舌……加上諸般對女子的恩惠……

天下之民心十之七八盡入彀內，這不是沒本的生意還賺大發了嗎？

但她收到褒獎的聖旨和恩賜時，看著那些不怎麼值錢的檀香珠和玉如意，真的很希望皇上幫她折現算了……她很窮啊。這些又不能當又不能賣，餓了不能吃，冷了不能穿，有什麼用處？

所以一開春，她還是乖乖的去「劫富濟貧」了。

一開始，膽子還小，謹慎的找小股馬賊，以壓倒性兵力取勝。沒想到這些馬賊真是富得流油……事實上他們還擔任北蠻子的銷贓大使，好東西自然多。

一回生，二回熟。屢戰屢勝，經驗也豐富了，乾脆就輪班讓新兵都來見見血，順便練練兵。一開始還有傷亡，隨著裝備越來越齊全，傷亡數字就小了，還能實驗一下兵書的包抄合圍，學著擬定戰略，還讓各什長、伍長嘗試著帶隊打馬賊。

所謂紙上談兵不若實打一場。這支成軍於哀，從駐屯官到小兵都是半路出家的官兵，就從一場又一場的實戰裡頭磨練自己。

於是，整個幽州的馬賊都倒了大楣。有時候被偷營，想跑還跑不掉……人拉肚子馬拉稀。慣常殺人放火的馬賊，反而被殺人放火……新兵害怕，沒捅準，捅個半死不活白受很多罪才斷氣。

眾賊人人自危，不知道什麼時候就被掏了老窩，連命一起丟了。

等最大的黑風寨被哀軍全體出動破了，境內僅存的馬賊無不膽寒，拔腿跑到隔壁的冀州另起山頭，不敢跟這群瘋婆子死磕了。

但李教官還是窮啊。各地投奔而來的婦女越來越多，許多屯內不收的流民乾脆在賢良屯外搭窩棚，因為肯賣力氣墾荒，李教官就管飯。

這麼多人，又不能不管。她還需要很多錢來搭寨子收容流民，屯裡多了很多姊妹，她是不會讓姊妹們沒盔甲武器就去拚命的。

於是，她帶著哀軍偷偷跨入冀州……

跨入冀州她知道會有麻煩，但她也準備好了藉口，「追擊幽州馬賊」。

別的軍隊絕對不行，但賢良屯卻可以遊走模糊地帶。而這完全歸功千古一帝的鳳帝……雖然當初接聖旨的時候，李瑞覺得一點用處都沒有，反而給她很多累贅。

鳳帝把附近五小屯劃給賢良屯，並且將賢良屯提高到「府」的高度，直接由兵部轄管。對於周遭友軍，只聽調用不聽令用。

也就是說，賢良屯名為「屯」，但在地位上是和諸州知軍平起平坐的「府」。調用，就是賢良屯有拒絕的餘地，令用則是上級對下級，無可推卻。

當然，李瑞能體會鳳帝的好意——棒打出頭鳥，賢良屯太出彩了……不管是不是被捧出來的。上級一個看不順眼，隨時可以下令她們去送死。

作為鳳帝刻意培養的節烈樣本，這樣折損又太可惜了。再說，即使地位提升，因為兵種的特殊性（皆為受難婦女），不可能擴張到無法掌握，又能收賢良屯所有民心，乃至於全天下婦女的民心。

又是不給錢的生意。李瑞心底嘀咕。那五小屯問題叢生，所有軍屯的毛病都有。駐屯官撤了，可底下人多有掣肘，那些長官又聚斂太深，五屯要養活軍民已經很吃力，還虛耗她寶貴的管理人才。

她起碼得分出十幾個培養多年的副坊長和幹部。這時代啥最值錢？人才啊！那是她老媽細心打磨過的、識字懂算，頗有管理能力的資深幹部！

原本她還擔心這些點名的幹部會怕被歧視不肯去，誰知道她們滿眼狂熱，「為了陛下和教官，萬死不辭！何況一屯民政耳！」

李瑞啞口無言的看著這群狂熱份子往五屯赴任。主掌賢良屯已久的坊長提議，只抓民政，軍政避讓給舊勢力，她也照准了。

在她眼底，五屯那些屯軍，連她家的新兵都不如，送她都不要。不如讓那些舊勢力的軍官們繼續領帶……既然他們喜歡把垃圾當寶貝，她也不好意思妨礙別人特別的愛好。

就是這樣特殊的地位，賢良屯在燕雲十六州等於沒有上級。跨州剿匪算是踩在模糊地帶。但跨州作戰畢竟離基地太遠，遂借駐在民間的村鎮。

本來像她們名聲這樣差勁的哀軍應該處處碰壁才對，但鳳帝的那場脾氣，和哀軍的赫然戰功，讓冀州百姓多了幾分好奇。

這就是人奇異的心理：總是苛責親近的，寬待疏遠的。甚至對疏遠的會有種好奇和憧憬，平添許多浪漫情懷。

這麼多柔弱女子黑袍烏甲（改服色了，白袍太難洗），披著大黑披風，或單騎，或雙騎，雖然只有兩百餘騎，群蹄卻能踏出滾地風雷。卻又跟軍紀不太好的官兵不同，秋毫無犯，凡事有商有量，非常客氣。籌措軍糧草料也是實打實的拿銀子出來買，沒拖欠或妄取過。

而且，她們還真的是去剿匪！

在幽州不太受待見的哀軍，卻風靡了整個冀州的父老百姓。因為很窮的李教官，大體上還是個軟心腸的人。跨州剿匪講得好聽，還不是搶劫。這些馬賊搶來的財物，大半都是冀州父老的血肉，她要全吞下也有點噎。

所以她剿了一地的馬賊，就會自動自發的撥點銀子給借駐的村鎮，酬謝他們資軍。

冀州父老啊，那個眼淚嘩嘩啦的。他們讓馬賊劫得可苦啦，官兵愛理不理，誰管他們死活。這個年少的小將軍不但跨州剿匪，還拿錢出來給他們修寨子城牆……不愧是聖上的娘子軍，親封的賢良屯！

結果吃不消的冀州馬賊聯合起來，送了重金給冀州知府。知府大人拿人手短，官腔官調的斥責哀軍，要求她們立刻退回幽州。

雖然還是有點窮，李教官倒是從善如流……幹嘛跟官府過不去。只是哀軍要退出冀州時，有恩的、等不到天軍剿匪的父老們湧來，拉著馬頭哭得好不可憐，依依難捨。

李瑞搔了搔頭，只好含糊的說，多行不義必自斃，這些馬賊橫行不了多久了。

退回幽州後，因為北蠻子給她的靈感，她也化整為零，讓她的部隊分批合流的繼續賺錢……呃，繼續剿匪，直到秋天即將來臨，才全軍退回幽州整休。

經過這樣的剿匪經驗，整個哀軍的氣質為之一變，凜然犀利起來。

賺了這麼多錢，李教官還是覺得，她很窮。

因為她和賢良屯的諸幹部，都已經不滿足於守屯而已。她仔細思考過，並且與諸幹部會議，何以化整為零的小股北蠻子可以在軍屯區來去自如，軍事實力不弱的大燕，為什麼束手無策。

這要分成幾點來說。

首先，就是權限不清。軍屯區如幽州，有軍隊駐紮，知府也領轄一支民軍藉以維護治安。但小股北蠻子打草穀，到底是北寇還是流匪，文武雙方扯皮了好幾年。

知府的民軍剿不動，軍隊為了這麼點北蠻子出兵不划算……結果只好繼續扯皮。

但軍方也是有苦說不出。軍隊的制度嚴整，無將令不能私自出動職業軍人。以前試過用屯軍……一觸即潰，只是空耗燒埋銀子，還得獲罪。而且大燕步兵多而騎兵少，馬還是珍稀資源。辛辛苦苦練了一千多騎兵，就對軍隊是很大的負擔了。

想想那一千多騎的人吃馬嚼……軍馬又不是吃草就行，那比伺候祖宗也沒差很遠……

騎兵捨不得用，步兵跑死也追不上，頂多抓到沒馬騎的漢人奴隸，反過頭來要養這些人……實在太虧了。

幽州已經幾年沒打大仗了，升遷不易。軍方但求無過、不求有功的心態越來越重，這也是為什麼北蠻子化整為零的騷擾能這樣奏效的緣故。

其實，這只是一種僵化思維作祟。

越了解北蠻子，越知道他們沒什麼可怕，最大兵力也不會超過三百騎。超過這個數字，就不容易在軍隊眼皮子底下溜過去了。

所以只要有五百騎步兵，就可以用機動力抵消北蠻子的優勢。加上她們土法煉鋼的斥候小隊作為耳目，全殲幽州境內北蠻也不是難事。

為什麼不是五百騎兵……不僅僅是因為女子體力較弱。轉戰幽冀兩州馬賊，哀軍的體力和戰鬥技巧也漸漸上來了，加上武器箭矢淬毒的威力，這不是最大的問題……

而是騎兵培養太貴了！

李教官窮啊！在不侵奪民生的狀態下，讓她打劫養起兩百多匹代步用的馬已經是極限，讓她養足五百頭軍馬……就算把她和整屯都賣了也養不起。

她的斥候小隊偶爾要擔任重騎兵的責任，也有套從人到馬，武裝到牙齒的盔甲兵器……但那五十騎重點培養的重騎兵，已經讓她快破產了。

就步兵吧，步兵便宜。女子身輕，雙騎也行。馬匹到此的價值只是機動性的代步，而不是拿哀軍最弱的騎術，去硬撞北蠻子最強的馬上功夫。

若論下馬打仗，哀軍強悍的士氣和嚴整到無懈可擊的默契，是絕對不會輸給北蠻子的。

非常窮困的李教官有很大的信心。

第三年的秋天，北蠻子新的部落分配到幽州打草穀，秋末時卻再次毀滅了這個部落，和也該的命運如出一轍。

但這個族名意思是獾狼的部落，足足有也該的三倍大。

也是這一年的秋天，成軍不到三年的哀軍步騎兵，和羽翼初成的斥候小隊，以綿密的偵察情報網和哀軍的強大機動力，或通報、或詭詐，誘使大燕正規軍和她們協同作戰，盡殲入侵北蠻，讓獾狼埋骨幽州，再也回不到草原。

這也讓駐守幽州的正規軍大大震動，頭回正視這群女兵。

但那個神情嚴肅，不卑不亢的知府千金，卻邀宴正規軍所有被迫參與圍殲的軍頭們，盡推戰功於友軍，只是誠懇的要求請各軍頭看在同袍的份上，給予工匠和鐵料上的支持。

雖然對這個少年駐屯官有些惱怒——有時哀軍斥候正式提交情報請求協助，有時是乾脆把北蠻子引來衝撞營房，有時甚至故意放火……怎樣卑劣怎樣來，就是逼正規軍不出手不行。

但現在她卻盡推戰功，讓這些升遷無望的軍頭又有了點盼頭……真不知道該怎麼應對好。

不過她不是要工匠和鐵料嗎？那就是交換了。這些軍頭放下心來，很大方的撥人撥鐵，幽州知軍乾脆連賢良屯的工坊營建都包了，還將軍方轄下的鐵礦給她使用三年……反正是公家的錢，戰功可是自家的。

李瑞也暗暗鬆口氣。賢良屯已經太招眼了，官階再高有屁用？她已經看穿了皇帝摳門到極點的真面目了。不如推功於這些軍頭，賺點實惠……工匠、工坊、堆積如山的大量生鐵料……鐵礦……

賺大發了！

隨著幽州防務的推進，後遺症就是來歸的難民和漢奴越來越多，真是讓她欲哭無淚。六屯區能屯墾的荒地就那麼多，她拿這樣大量的人力不知道怎麼給他們安家立戶。但是這些難民和漢奴，死活都要跟著她。在別的地方，哪怕是州城，都不免遭受白眼歧視，賣盡力氣還不得溫飽。賢良屯也苦，但是在這兒賣了力氣就能管飯，做得好還有肉吃。屯裡娘子都和善，就算是軍娘也細聲細氣。

李教官，甚至還會常常來探視。

在這種接近愚蠢的信賴下，李瑞完全束手無策。她的心實在不夠黑……她知道有些軍部會悄悄的偷賣來歸人口。不完全是為了賺錢，而是養不起。

現在多餘的人口可以分配去礦區，暫時舒緩壓力。剩下的人，她決心在賢良屯外開闢屯街區，一半做墟市讓周邊六屯和衛星村落可以來趕集，一半則廣納匠人，把工商業帶動起來。

但要讓她養活，就得歸入軍戶，不然她不能光管飯又管理不到，反成治安上的不穩定因素。

等她那些能幹的幹部們報告，她才知道六屯區已經有兩萬多人口，光光賢良屯就有正式斥候一百、斥候預備三百，哀軍步騎六百、步騎預備一千，賢良婦壯兩千。賢良屯總人口已經高達六千，逼近賢良屯最高承受量了。

她嗓子有些乾渴。

翻翻帳冊，幸好賢良屯的軍衣訂單越發穩定，產量也越來越理想——能幹至極的幹部們超越時代的使用包料代工、嚴格品管，讓別人幫忙賺錢了。五屯在諸坊長的努力下，風氣為之一新，這才訝異那些該死的文官吃了多少收成、北蠻子又禍害了多少糧食……糧食勉強足以養活六屯區，別來個天災人禍就行了。

在她英明神武的部屬眾手撐天、分工合作下，她實在不需要太操心。畢竟從她老媽開始打下的良好制度，和她徹底放權之下，運作起來非常流暢。

坊長跟她報告，坊街的成本賢良屯可以吃得下來，之後的產出也足以養活沒分到田地的歸民，很快的就可以卸下這個重擔。

李瑞真正要管的只有……斥候訓練，和五百匹馬的食養。

對的，在屢次剿匪滅蠻中，繳獲的馬匹在一群北歸漢族牧民的手下頗有生息，大大小小的馬匹共計五百餘……

牧場不是問題，六屯區有個不壞的草場。但是牧民的薪餉、軍馬的培育，草料、馬豆、馬廄……

「……能不能賣掉一些？」抱著腦袋，李瑞悶悶的問。

她的副手蘭鳶大受打擊，「……教官！姊妹們兩人一騎太不成樣子了！有辱軍威啊！起碼也三、五年後，才能考慮賣馬的生意吧？」

李瑞扶額默然。結果，她還是很窮，非常窮。

攤開幽州的山賊分布圖，咬牙切齒的李瑞，準備讓他們連年都不能好生過……

＊　＊　＊

雖然上遞的捷報，對賢良屯只是淡淡一筆帶過，可是燕雲的大小將軍卻不是傻瓜，很快的關注到這支銳利的特殊兵種。

其他或許可以不相信，但綿密的斥候情報網，卻讓他們垂涎欲滴。

此刻的大燕朝漸漸注重斥候的效用，但苦於諸將敝帚自珍，斥候通常都是各家祕密培訓的，花了許多資源，功能卻沒人家賢良屯的一半。

百名優秀精良的斥候啊！聽說更甲能為重騎，可以衝鋒陷陣，去甲則為斥候，百里隱蹤，還能繪山河圖！折損率還很低，軍情能夠確實轉達。

是怎麼練的？

先是幽州知軍緣了知府的路線，試探性的問李瑞能不能幫忙訓練斥候。原本沒抱什麼希望，沒想到她一口氣答應了，但是要求了高昂的食宿費，而且只訓練一個冬天。

算了算，還在能容忍的範圍內，於是派了五個斥候去受訓。

這引起了其他軍頭的騷動，也央求代訓斥候，同樣也是各派五個。這些斥候成為各軍的火種，不管習自於誰，終究都奉李瑞為教官。

當然，他們一開始來受訓時，被李瑞拉去雪地行軍百里之遙，可沒想到日後會這樣敬畏她、崇拜她。

那時候他們在背後問候李瑞的祖宗何止十八代。

就算是李瑞，也沒想到她會成立一個斥候族群的情報網。當時在雪地行軍訓練時，她想的是，要怎麼訓練才對得起這筆讓她養得起馬、讓冀州馬賊暫免於難的財富。

畢竟她是個很實在的人。

李瑞和哀軍的名聲，隨著這些代訓的斥候，漸漸傳遍幽冀兩州的軍方高層。而她訓練一個冬天的斥候，個個脫胎換骨，不管是眼界還是體能，都往上猛升了一個檔次，真正成為軍隊的耳目，屢建奇功。

李瑞看起來奇怪的要求和訓練，哀軍強韌的素質，更隨著這些越來越多的斥候學員傳播出去，漸漸傳遍燕雲十六州，甚至傳到楚王的耳裡。

楚王趁著回京獻俘時，視察了賢良屯。在屯外檢閱了哀軍，並且聽了李瑞的報告，與斥候小隊的隊員聊了聊，又看著熱火朝天的屯街區和井然有序、精神飽滿的屯民和外屯民。

他沉默了很久，除了驚訝、驕傲外，又隱隱有點擔心。回頭看李瑞，她還是一派平靜，跟她的娘……非常相像。

心智上。

嫡母鳳帝為世間少有的聖主……這並不是楚王拍馬屁，而是務實的評價。她擁有強烈的自信心，所以不畏軍馬，遏止文重武輕的頹勢，知人善用，絕不忌賢妒能。

這是所有良臣賢將夢寐以求的聖主，所以他才這樣甘心臣服，為國守邊。

可惜了。他暗歎。瑞兒沒託生到鳳帝的肚子裡……這是個文經武略的主啊……

「這跟我沒什麼關係。」楚王讚嘆之餘，李瑞卻平靜的說，「主要是部屬都有能有才，聖上恩准陪祀，士氣才起得來。講白了，我這駐屯官除了練兵外，其他都是姊妹的功勞……」

楚王失笑，搖了搖頭。這樣也好……鳳帝之後，她也能韜光隱晦，不會有大麻煩。

「這樣吧，」楚王淡淡的說，「既然妳已經在代訓斥候了，就成立個教院，為國訓兵吧。」

李瑞一整個囧掉，為國訓兵？賺錢生意立刻成了超賠錢生意……

「……擎伯伯，能不能不要？」李瑞真的欲哭無淚了。

「為什麼？」楚王很感興趣的問。

等知道她的理由，楚王啼笑皆非。「鑽到錢眼裡去了妳！」他輕喝，「哪會要妳負擔學員的糧餉?!」

李瑞還是搖搖頭，「擎伯伯，我肩膀上壓著五百匹馬的食養……而且會越來越多。幽冀兩州沒有太大的馬賊可以打……不從這些將軍伯伯叔叔的腰包裡掏錢，我要破產了。」

楚王哭笑不得，「竟然是真的！妳真的搶馬賊養軍？」

「是剿匪。」李瑞很慎重的說，「剿匪所得的戰利品拿來養軍。可冀州馬賊快沒了，再過去就太遠了，補給不方便……」

楚王無言了。其實裝備武器不用那麼好，但為了補足女兵體力上的弱勢和機動力問題，她卻養了一支非常非常貴的軍隊……

「好吧，」楚王嘆氣，「來教院的妳可以收學費……但不准收太狠！」

「頂多打九折。」李瑞很堅持，「我不能厚此薄彼。」

失笑的楚王，終於依了她。於是燕雲十六州諸軍都選派斥候來進修，這個年輕的李教官，開始成為大燕斥候們的李教官。

出自賢良教院的斥候，才是真正的斥候。這個信念，也慢慢蔓延開來。

在幽州兩年填了兩個部落的北蠻子，開始覺得幽州不是善地了。北蠻子打草穀，主要的用意不是要殺伐，而是要過冬的糧食。既然幽州不像是個好地方，於是原本要往幽州的部落，都往軟弱可欺的冀州來了。

趁著大部隊和楚王對峙的優勢，小半的部落化整為零流寇南方，已經成為北蠻子的新政策。但是冀州的防守實在不強，漸漸這些北蠻子得意忘形，開始集結成軍，攻破三個縣城，搶得非常滋潤。

寇勢一成，冀州軍無法抵擋，只好向幽州告急。幽州大軍連忙分軍開往冀州，而冀州又連連告急，幽州知軍也像熱鍋上的螞蟻。可他實在派不出軍隊了……雖然北蠻子目標似乎不是幽州，也得留下足以防守的實力不是？

後來是參軍獻策，「境內還有支兵馬，迅疾如風，可聽調不聽令。」

知軍愕然了一下，又復憂愁，「那都是群娘兒們，行麼？」

「能夠讓兩州馬賊聞之膽落、傾覆兩蠻部落，大人說行不行呢？」

咬了咬牙，知軍謙卑的寫了封調集令，讓參軍親自送去了。

拿著調集令，李瑞發愁了。哎，打仗都是錢啊……「糧草……」她不太確定的問。

參軍也知道李教官的習性，連忙說，「由幽冀兩州籌措，教官大人無須煩惱。」

「那好吧。」她搔搔頭，「李瑞聽調，明日開拔。」

因為馬匹的限制，李瑞只出動了四百步騎，一百斥候。出發前，她開軍議，問軍官們有無把握。

這些女軍官都笑了。

蘭鶱開口，「幽州為吾等灶下，冀州乃賢良後院，地利已占盡，教官認為有無把握？」

剿馬賊的時候，早把冀州摸透了底，什麼偏僻小路都曉得，哪能沒有把握。

唉，我的馬啊……這都是五百匹三足齡以上的好馬啊……她小小哀悼了一下。

但她卻沒怎麼擔心自己的兵。

因為在她心目中，這些並不是「她的兵」。而是共赴國難的姊妹，她可能也會死在戰場上。她不希望別人可惜她的性命，所以並不可惜姊妹的性命。

應該說，哀軍是支有魂魄的軍隊。重義輕生，不畏死難。既然拿起了槍，成了哀軍一員，那就當馬革裹屍，為國捨生，於烈女祠相聚，不可效閨閣啼哭。

李瑞會那麼勇於放權，就是她相信制度。她若死了，副手蘭鸞會接手領軍，諸坊長會掌穩民政。若是蘭鸞戰死了，就該斥候隊長來接手。斥候隊長若死了，就由斥候第一手接手……直到哀軍死光。

但是馬死一匹少一匹，那都是她拿大把錢去養的啊……

懷著有些複雜的心情，李瑞領軍往冀州而去。成軍四年不足的哀軍，在冀州之役打出了強悍的名聲，從此成為北蠻子望旗股慄的另類精兵。

經由偏僻小路入冀不久，靠著斥候隊的偵察，以及和友軍斥候交換情報，哀軍一路以奇兵姿態救援或伏擊，將北蠻子打了個措手不及，一邊收攏潰逃的殘兵，向淪陷的小北縣前進。

之所以會這麼毫無窒礙，可說是半詐半騙。冀州情勢會突然如此危急，其實就是馬賊和北蠻合流，聲勢壯大的緣故。

但是哀軍打了兩年馬賊，威震幽冀，作為前導和探子的馬賊一看到哀軍打出來的旗幟，腿肚子就抽筋，五百騎跑起來聲勢浩大，宛如從天而降，根本就不知道她們從何而來。

卻沒仔細去思考哀軍兵力稀少，又遠來疲憊，馬力困頓。更沒去想哀軍攻無不克是因為各個擊破，馬賊北蠻聯軍數倍於哀軍，以逸待勞，贏面應該很大才對。

只是遠遠看到打出「大燕」、「哀軍」兩支旗號，許多馬賊立刻打馬往後跑，讓隊伍一陣大亂，自家衝擊的人仰馬翻。後面的兵馬不知道出了什麼事情，等馬賊一路喊著「哀軍」、「哀軍」，原本破口大罵的北蠻也住了口，打馬跑得比馬賊還快。

打幽州的兩支部落，都男丁死盡，被併吞了。而打殘這兩支部落的，就是這群可怕的女人。北蠻子間甚至盛傳，那些女人都有巫術，光看一眼就會慘死。

這兩千餘騎被五百騎嚇得潰逃，後被掩殺。若不是馬力不繼，就這麼擊潰也有可能。

趁機李瑞下令鳴金，原本潰逃得亂七八糟的敗兵看著這支陌生的部隊行進有序，北蠻子連一合之勇都沒有，失帥丟將的潰兵亂烘烘的跟到她們後面，一直到嚇退小北縣的北蠻時，還不知道這群蒙面的哀軍是女子。

這樣一路收攏，居然收了八百餘潰兵。在小北縣駐紮後，斥候小隊分頭去安撫約束，回來報告，「這是劉世的部隊，劉世帶主力撤了，這些是被截斷的。」

李瑞苦笑了一聲，「就地休整。咱們帶來的糧食不多，不過也先吃個飽。先讓友軍安定下來……咱們的馬先食一頓乾草。等安頓了友軍，各幹部來我帳會報。」

靠著收攏士氣已沮的殘兵，打退屢屢來犯的北蠻，收復一縣城，甚至倒過頭來打劫北蠻子的戰利品……聽起來很不可思議。但哀軍就這麼做到了，因此讓李教官和哀軍鍍上一層神祕的光環。連身在其中的殘兵也覺得有些糊塗。

哀軍少而潰軍多，但是李瑞沒有收縮實力，反而把哀軍打散在潰軍中，每個哀軍女兵都暫代伍長。

「沒什麼可怕的，」這個百戰餘生的暫代伍長安慰自己還很陌生的兵，「你瞧我在數誰的肋骨，就戳誰的肚子……那個誰，小弟，你就戳他脖子。」

「我沒有槍。」只拿著一把斷刀的潰兵聲音都在發抖，「戳不了……」

「就割啊，不然你劈他的臉好了，怎麼難受怎麼來。」

「他們的馬……他們的刀……」拿著斷刀的潰兵看起來還很年輕，滿臉害怕。

「教官會讓他們都下馬啦，下馬的北蠻子就是群豬而已。」暫代伍長淡淡的笑，「咱們兩邊的兄弟會掩護我們啊。不管怎麼樣，我們都不能走散，跟著我走就是了。」

「不用怕……烈女祠和忠烈祠在隔壁而已嘛。萬一怎麼了，來找姊姊喝茶。」她的神情溫和而平靜，「咱們背後，有爹娘，還有皇上。一步都不能退啊……」

「伍長姊姊，妳怎麼只找小山兒喝茶？咱們就不能去喔？偏心啦！」旁邊的老兵起鬨。

暫代伍長啐了一口，這一伍都轟笑起來，情緒像是漣漪一樣感染出去，消弭了原本恐懼緊張的氣息。

那個剛入伍不久的小山，記死了要跟住伍長，戳伍長數肋骨的北蠻子。果然李教官讓北蠻子都落馬了……那一排人衣重甲、馬披重盔的騎兵真是厲害啊！刀槍不入、弓箭不傷，像是把鋼刀七零八落的切割北蠻子兇狠的騎兵隊。

他只要跟緊伍長，戳一切伍長數肋骨的人，甚至是馬，堅定的走過去就行了。

但他還是不知道，自己是怎麼辦到的。

事實上，哀軍體力上有其弱勢在，兵種也過分單調，若真的面臨大軍，很容易被擊破。但她們的裝備武器都非常優良，能夠在槍林箭雨中大大增加存活率。

可她們真正的優勢，卻不是靠優良的裝備武器。

經過幾年的淬鍊，她們的氣質又再次變化，從凜然尖銳轉化成冷靜淡然。那是百戰餘生之後的看淡生死。當上了戰場，這些說笑自若的女兵，立刻進入狀態。

把自己當成死人，也把對方看成死人。那種毫無畏懼、冰冷的視線，讓敵人恐懼顫抖，卻讓友軍也跟她們同樣平靜下來。

哀軍這樣的變化，也是因為將領的關係。

其實每支部隊都因為將領而有不同的個性，或疾如火，或審慎保守。

但李瑞的風格，卻是水。

冷靜，柔韌，卻剛剛好能淹死人。無孔不入的侵蝕過去，靠著她五十重騎暴力切割後吞沒。

李瑞也的確很平靜。在她眼中，這不過是規模大一點的剿匪罷了。所以她實在不明白，別人為什麼大驚小怪。別人說她是名將的時候，她眼中出現的不是驚喜或得意，而是鄙夷。

剿些小毛賊就叫做名將？名將幾時這麼便宜了？

讓她氣悶的是，冀州之危既解，這些軍頭不去整軍避免這種事情再發生，打伙兒來遊說她和哀軍併軍是怎麼回事……？

哀軍剿剿匪還可以，拉去前線做啥？一營人扔進幾萬大軍裡，連個水花都激不起，能幹嘛？

更讓她生氣的是，居然有人打她五十重騎的主意……

她終於大怒的悍然拒絕所有遊說，準備整軍回家了。

誰知道她整這五十騎有多少辛酸血淚？當初她的娘提了這樣一個建議，自己笑得上氣不接下氣。而她呢，光籌措武裝到牙齒的人馬雙重重盔甲，窮得她一連破了十個馬寨才存夠。

娘只會笑，也不幫她。李瑞幽怨的想。

而且這種騎兵的名字也忒古怪了……鐵鷂子？鷂子，不就是鳥？

重騎兵跟鳥到底有什麼關係……她真是想都想不明白。

冀州之役的成功救援，很讓哀軍得意了一把。她們救援後跟著大部隊行進，一直都是最精銳的部隊。友軍也以到李瑞麾下為榮。

戰場生死間，性別變得很不重要，為勇者強。

李瑞卻淡淡的瞥了眼興奮過度的部屬，「名將？強軍？」她笑了一聲，冰冷的回望專搶戰功的何進將軍和鬆垮垮的正規軍，「聽人說，何將軍乃名將，他麾下即強軍。」她壓低聲音，「這種貨色都能稱名將強軍，被拿來相提並論有什麼好得意的？」

部屬們都安靜下來。

「我們……為什麼成軍，不要忘記。剩些馬賊流匪……也沒什麼值得驕傲的。」李瑞嘆了口氣，「何況我們並沒有遇到北蠻的主力。」

李瑞的心情的確不是太好。她對自己很明白，能領一屯，而不能領一州。能帶一營，卻不能帶一路。別人說她是良將，那叫做神經病。

因為她大局觀不夠，心也不夠狠。哀軍聽調不聽令，所以她願意救援，可拒絕了多次機動打擊北蠻後方的任務。

說得好聽。打擊後方？那就是去對手無寸鐵的老弱婦孺舉起長槍。敵方？沒錯。但她過不去自己那一關，她願意保土，但不願意侵略。

所以她到死都不會是啥良將名將。

但讓她心情不好的，另有原因。

讓她隱隱自豪的，就是斥候小隊的建立和訓練。但是北蠻子的正規斥候卻不知道高出她多少倍，讓她頗受打擊。

你相信，一個帶著雙馬的斥候，足以斷後還全身而退嗎？

這樣不可能的事情就是發生了。

一人三騎就堵住了近百騎追兵。他做的也只是一箭射飛了李瑞的頭盔，然後藉著餘馬的掩護，控弦彎弓的指著李瑞，用怪腔怪調的漢語說，「莫動。動者，將死。」

很厲害，非常厲害。一眼就看出將領和哀軍對主將的忠心程度。若他乾脆射死了李瑞，不說他的性命，連欲掩護的軍隊都會伏屍數十里。

若要放弩宰了他，不說他以馬為掩護，而這個斥候死之前，一定會拉李瑞墊背。心理、時機、環境利用，簡直無懈可擊。百餘人只能眼睜睜的看著他成功斷後，並且全身而退，頂多只射死他兩匹馬。

你說，李瑞還驕傲得起來嗎？她一點都不覺得自己有什麼地方可以驕傲。

一直到過完年，李瑞才帶著哀軍退回賢良屯。

這一年，卻是非常混亂的一年。

教院塞到爆滿，忍窮了幾年，牧場終於可以開始賣馬了，學費和牧場，可以撐下養馬的食養，終於讓她肩頭的擔子一輕。

但是教院人實在太多，她開始分班，讓斥候小隊的隊員各自去帶，她的事情反而少了。

因為她覺得，自己實在有太多不足。北蠻斥候那驚世絕豔的一射，讓她決意從俗務裡抽身，反過頭來參與訓練，並且認真的讀兵書。

也是這一年夏初，楚王將北蠻子最大部落兀斥，聚殲於南兒海，真正重創了北蠻子的主力。

這消息傳來，舉國狂歡，大燕最大的外患，終於被擊退了。

但狂歡沒多久，就傳來鳳帝病危的消息。

十八歲這一年，是大燕悲喜交集，卻是李瑞異常混亂的一年。

冀州那邊，來了一群媒婆，求娶哀軍十四人。當中居然有李瑞。

梁恆來求親了。

這個向來冷靜自持的李教官，也不免狼狽而慌張。她終究還是個青春年少的女孩，春花秋月，不免有傷春之嘆。

但落到賢良屯容身的地步，雖然她不認為自己有錯，也不怎麼認為貞操有那麼大的重量……可是風俗如此，她除了明面上的理由，還為了父兄仕途隱憂，才毅然從軍離家。

她承認，在冀州時，對這個英勇作戰的小將頗有好感。梁恆也隱約的透露過愛慕的意思，她覺得心甜，卻沒有回應。

她畢竟是個冷靜理智的人。

但梁恆居然真的來求親了。

她是願意，很願意把姊妹嫁出去……反正她對姊妹們說，賢良屯是她們永遠的娘家，嫁得不好儘管回來。本來這些女人就不該一心求死，只剩下進烈女祠的價值。若是她們嫁得出去，這會是一個好的開端。

可……我呢？

她遲疑、惶恐，第一次讓情感勝過了理智，不知所措。

最後是楚王班師回朝前，刻意繞來見她，才讓她願嫁。

兩鬢飄霜的楚王，滿臉疲憊，卻沒有大捷的喜悅，反而充滿苦澀。「經營多年，原本想聚而殲之，保百年平安……但京中催之甚急，只能勉強滅一部，後患無窮，頂多十年無邊事罷了。」語氣非常蕭索。

李瑞早就暗自猜測，楚王多年按兵不動，反而禁邊、力緝走私，牽制大部隊炫耀武威卻沒有大動作，就是想磨得北蠻因為過冬糧食不足，決意傾力死戰，聚而殲之。

不然遊牧民族無城無寨，一旦遷移，草原茫茫，何處尋跡？只是白白耗費糧草、疲師困帥，落得埋屍大漠的慘況。

「……聖上，不好了嗎？」李瑞低低的問。

楚王不言，只是微點了點頭。

沉默降臨，帶著深刻的壓抑。

「皇太女敏於內政，訥於軍事。」楚王打破沉寂，很淡的說，「先帝子嗣無多，僅存她和我。疑我應該，但牽累到妳了。瑞兒，冀州一役打得漂亮，頗有大將之風。但也是因為太漂亮了……」

多疑的皇太女，會覺得李瑞是楚王的接班人，或有一天，為他接掌邊關十萬大軍。

「妳嫁了吧。」楚王淡然的說，「看起來妳也喜歡那小子。若是晚個一、兩年，新皇順利接位，嫁與不嫁，尚可思量。但這個節骨眼上……」

他站了起來，「不過還是看妳心意。至多退伍罷了，也不是非嫁不可。梁家是皇太女的人……妳若嫁了，想再從軍也不是難事。梁家應該會繼我之後接掌邊關吧……不要太蠢的話。」

不過楚王卻笑出聲音，「妳若嫁過去，提醒他們家別這麼提前的討好皇孫女。這真的很蠢。」

李瑞思考了一夜，點頭允嫁了。

這有理智上的思考：父兄都在朝為官，不能讓新帝存了疑惑。但也有情感上的渴求。

她的夢想和賢良屯其他女人沒什麼兩樣……也渴望有家有子，當一個像她娘那樣的母親。

在鳳帝駕崩前兩個月，十九歲那年，她安頓好賢良屯，嫁給梁恆。同一年，翼帝繼位，旋即將楚王改封蜀地，鎮守大燕另一大患。

但嫁不到半年，李瑞就湧起淡淡悔意。

若說這段短暫的婚姻有什麼值得回憶的……也就只有男歡女愛的滋味吧。難怪男人那麼貪色，原來這樣的美妙。

但這樣銷魂蝕骨的美妙，並不能抵消在梁家束縛至極的痛苦。更何況梁恆漸漸淡了……京城多少嬌嬈千金仕女，英姿煥發的李瑞扔到這裡，只是顯得粗鄙無文罷了。

當情感漸漸冷卻，李瑞冷靜的理智就開始運轉。

旁人或說李瑞嚴肅，沉默寡言，謙恭有禮。可除了她娘之外，卻沒人知道她心底有著強烈的反骨。她從來不把社會規範當成唯一準則，而是徹底的思考過，覺得沒有錯誤，才打從心底遵守。

所以她從來不覺得貞操是啥了不得的東西。當初被劫時，若是失去貞節能夠保全性命，她又無可扭轉，會以保命為第一。

只是她剛好足以扭轉，而且還有好友等著她救援。

被狗咬一口，錯在狗又不在我，哪能因為狗的錯殺害自己。死有輕如鴻毛、重如泰山。那樣輕飄飄的死，意義在哪裡？如果連殺害自己都不猶豫，那為什麼不做些什麼？反正連死都不怕了。

就是這種接近離經叛道的反骨，她才那麼大方的承認男歡女愛的耽溺，甚至有些悲哀的了解到，為什麼有的女人被丈夫打得要死，還是不肯棄離。

除了明面上種種理由，大概是，丈夫才是唯一合法合理可以耽溺歡愛的對象吧？

但那不是我。李瑞默默的想。

為了時間很短的耽溺，然後去換取很長很長的痛苦和折磨，一點都不划算。她寧願回去賢良屯，金戈鐵鞍，馬革裹屍，求個痛快，而不要這樣慢吞吞的悶死。

更何況梁恆完全厭了她，根本不來她房裡了。她連足以忍耐的孩子都沒有，有什麼理由必須留下？

她想得很透澈，很透澈。而且擎伯伯說得一點都沒錯，梁家真的很蠢。原本梁家是翼帝的人，但他們卻在翼帝還是皇太女時，就開始討好馥公主。馥公主一墜馬，現在又開始討好長公主了。

翼帝，可是眼中揉不進沙子的人哪。

所以，梁家一準備將她降為平妻，她這個在戰線打滾多年的教官，就知道自己的機會來了。她自黥其面，並不是因為梁恆。而是她要警惕自己，不要因為這種短暫的耽溺，而再次困死自己。

她不適合婚姻。

直到很久以後，她聽到兩個哥哥的作為，以及梁恆的遠貶，雖然啞口無言，卻也失笑。

梁家落到這地步，當然兩個哥哥佔了很大的緣故。但真正的原因……還是因為梁家實在太蠢。

哪個皇帝會樂意看到登基還不太穩定時，臣子就忙著跟自己兒女眉來眼去。

* * *

李瑞回到賢良屯，除了臉頰上刺了兩行刺青，像是啥都沒發生過。

她原本是直接回家去，沒想到兵部的詔令跟著後面來了，給她加了一堆有的沒有的虛銜，可一點用處也沒有，連薪餉都不會加一文。

唯一的好處是，將來刻墓碑的時候，刻碑的工匠估計會罵人……因為太長。

排除那些廢話和廢物，兵部讓她復原職了，依舊回賢良屯當駐屯官，並領五屯，還兼任斥候教院山長。

好麼，這下跟書生的學院比肩了……還山長。

她咧嘴笑得挺歡，她的娘放下心來，有些惆悵的說，「妳能想得這麼開，不知道是不是福氣……男人會的，女人沒有一樣不會，甚至比他們行……可女人都陣亡在感情關。真能超越這關的，古往今來也就一個武則天……」

「武則天是誰？」李瑞有些摸不著頭緒。

慕容夫人沒有回答，「阿瑞，妳真放下了。」

她點點頭，「太不划算。」

慕容夫人安靜了一會兒，柔聲問，「那妳想做什麼呢？一生還很長。」

「繼續當教官吧。」李瑞粲然一笑，「打仗是不得已，跟學生一起挺有意思。」也自由多了。

當然，兩情相悅，恩愛無間，很不錯。但開始再怎麼美，多半會凋謝。她的爹娘已經是難得的好例子了，可也只有她知道，她娘花了多少心血去維繫。

世界上沒有兩全其美的事情，她明白。所以她選擇了自由，就不會去奢望其他，這是必要的代價。

她回去賢良屯，就專心在附近選址，將原本的教院擴大，而且因為馬場可以支持了，她很善良的學費減半。若是考核特優，還可以全免。

李瑞興沖沖的辦起教院，卻不知道她在鬼門關前散步了一圈。

翼帝知道李瑞和離而去，其實動過殺意。作為一個女人，李瑞掌握了太多國之殺器的祕訣，不能縱虎歸山。

但是她的王夫和楚王交情甚好，勸她說，李瑞為國練兵又手無兵權，而她能掌握的屯兵不過數百，兵源還有極大問題，難以擴大。於國有大功卻無害，明面上殺她，輿論上過不去。暗地裡殺她，若讓她逃脫，卻為國多一大寇。不如多加推恩，況且她父兄在朝，還怕她竄天去？

翼帝仔細想想，這才令兵部多加恩銜，多多籠絡，讓她便宜行事。

這些兇險李瑞並不知情。她忙著尋找師資，設法整理出一套課程。

翼帝大裁邊軍，淘汰老弱，卻讓李瑞因此網羅了一票武藝高強的老兵。她挺開心的請來，好茶好飯的供養。有的退伍老將軍在邊關久了，不思回鄉，反在幽州落腳。雖然不可能成為教院的專屬教官，但還是客客氣氣的去延請客座，偶爾來指點一下。

退伍的老人在家閒得發慌，也樂意去指點一下那些新兵。結果誰也沒去想斥候教院不用教兵法陣圖，反正有什麼師資她都拉來了，至於規劃麼……她那些部屬也不是吃閒飯的，扔給她們就是了。

等她苦笑的部屬設法分班分科以後，發現她們這個斥候學院真是名不符實……倒像是將帥教院，斥候還是她們老一套的土法煉鋼。

這問題也很困擾李瑞，但去了一趟嵐州，這問題卻解決了。她「借」到一個全大燕最強悍的斥候教官。

說來巧合，她受了邀請，去嵐州賀一位老軍頭的孫兒滿月酒，卻赫然在老將軍的身邊看到一個熟人。

雖然只見過一面，但有人射掉妳的頭盔，而且隨時可以射掉妳的命……大概印象都會很深。

對方也是一愣，死盯了她兩眼，才垂下眼簾。

原來這個人就是北蠻第一部落的精英斥候，北蠻子這種精英稱為黑鴟，是萬裡挑一，打小死訓出來的。

但他之所以在這裡，卻不是因為被俘虜。

老將軍俘虜的是他那沒出息的主人……這個桀驁不馴的強悍斥候竟是個奴隸。本來他可以護主逃亡，可他那沒出息的貴族主人，看大軍圍攏，卻沒看到斥候先生萬夫莫敵，眼淚鼻涕的下跪求饒。

那時戰事已經到了尾聲，老將軍實在不想殺了這鼻涕蟲髒了劍，又很愛惜斥候先生的驍勇，就要那鼻涕蟲讓斥候先生投降。

但鼻涕蟲做得更好——他乾脆把斥候先生當贖金，送給老將軍了。

至於落荒而逃的鼻涕蟲下落如何，那倒不得而知。可倒楣的斥候先生死都不肯降，只肯給老將軍當奴隸……當然別想他去幫著打仗。

李瑞笑了。

她用二十匹馬，借用斥候先生每年的冬天。

老將軍也樂了，「李教官，我這親兵可倔，保護妳行，其他的妳得自己想辦法，我可叫不動他。」

「成。您肯借就行。」李瑞很乾脆。

斥候先生很冷的看了李瑞一眼，卻沒說什麼。連李瑞客氣的問他名字，他都愛理不理的，勉強萬分的說，「阿史那。」

李瑞眨了眨眼，「啊？你不是北蠻人？是突厥貴族？」阿史那是突厥的貴族姓氏啊！

阿史那的愕然只有一瞬間，別開頭，「突厥早沒了。」

李瑞有些尷尬，靜默了一會兒，「阿史那教官……冬天時恭候您的大駕。」

阿史那冷哼了一聲，沒有回答。

那年冬天，阿史那單騎匹馬，踏著初雪而來。

彼時李瑞早就不住在賢良屯，而是在附近的教院住了。教院約一千餘人，男女各半。雖然理論上應該叫做「斥候教院」，但誰也沒理這官方名義，直稱「賢良教院」。

阿史那來的時候，教院正忙著分隊，準備一場大規模的雪地行軍。

冬季時，教院會分十隊，發下十日糧食和燒酒，行軍百里拔旗而歸，路線各自不同。

這是教院最初時李瑞訂下的訓練課程，後來竟成了慣例和傳統。一開始，那些驕傲的斥候對這課程非常反感，並且大聲抗議過，「為什麼要徒步？我們是馬上斥候！」

李瑞很平靜的回答，「難道你沒了馬就不是斥候？馬死了呢？下雪了呢？莫非沒有馬、下了雪，你就原地等死，不傳回軍報？連路都不能走，那還當什麼斥候？」

後來在行軍路程上，還加上了辨跡尋蹤、沿途繪畫山河圖，野地求生等等，都是後來的經驗歸納。

阿史那就是在這種熱火朝天的氣氛中來到的。趁著整隊集合時，李瑞將他介紹給所有學員，連他是北蠻子歸降的黑鴟都沒隱瞞。

這些都有作戰經驗的學員，都湧起強烈的敵意。可阿史那連眼皮都沒抬，脣角噙著冷笑。

李瑞淡淡的，「以後諸君請稱呼為『阿史那教官』。這次行軍，阿史那教官將跟我的隊伍出發。」

由李瑞領軍的乙隊，幾個人張口欲言，結果還是忍住，只是強硬的更挺直了軍姿。

這才讓阿史那抬眼看了看這隊學員，瞥了一眼李瑞。

這燕女有點料，竟能壓抑這些少爺小姐。他有點意外，卻沒表現出來，只是木然的走到李瑞身後，一言不發。

當各隊出發時，不只是乙隊，其他隊伍也用充滿敵意的目光戳他，又擔心哀求的看李瑞，只是李教官一臉平靜，逕自帶著隊伍前行。

雪地行軍非常艱苦，但李瑞都領頭而行，乙隊隊長押在最後。這一直都是賢良教院的傳統，教官前行、隊長押後，一日必須步行二十里，不然糧食撐不到回城。

可在雪地，想日行軍二十里，是個很艱難的任務。而且萬一走偏，沒能尋到軍旗，呆在雪地的時間可能更長。

而且在行軍途中，還必須辨識其他教官預先留下的蛛絲馬跡，這關係到行軍成績，可說是非常刁難。

一般來說，隨隊教官只有引導、講解、糾正，至於其他功課是要隊員一起解決的。一隊有百名學員，照軍制設有伍長、什長，歸隊長指揮。剛開頭幾年，總要教官去尋那些迷失在雪地、餓得焉焉一息的學員，成績也是慘不忍睹。但幾年下來，回鍋的學員多，學長學姊帶學弟學妹，已經沒什麼迷失的隊伍了，甚至開始在成績上戮力爭強，讓原本暮氣沉沉的大燕軍注入難得的活力。

默默走在李瑞後面的阿史那，雖然不知道教院傳統，心底卻是一凜。他原是突厥皇族，後來北蠻擊敗內戰頻仍的突厥，瓦解了原本佔領西域和西北的突厥帝國，不得不舉族皆降，年已十一的皇子阿史那雲才獻給北蠻為奴。

從西而東，他見識了許多部族的軍隊，原本是很瞧不起大燕軍，覺得這些僵硬如木偶的廢物，能夠和北蠻戰個平手，靠的不過是堅甲銳刀，陰謀詭計，和該死的人多罷了。論武勇和堅忍，遠遠不如已滅的突厥，更不要提野蠻嗜血的北蠻。

但這支隊伍，百人如同一人，令行禁止，紀律嚴明，卻展現另一種迴異於遊牧民族的風格。

若這樣的隊伍不懼死……能夠臨戰不亂……

怕什麼？他自失一笑。燕人養馬的技術完全不過關，養得什麼劣馬？騎兵無可懼，他又打從心底看不起步兵。

阿史那又瞥了一眼李瑞，她把我要來，到底是打什麼主意？

李瑞卻還是一派平靜，連話都沒有對阿史那說。她教導學員，什麼驕兵悍將沒見過？這些人，天生反骨，驕傲自大，更好為人師。如果是學員，當然是要把驕氣打下去，所以她才會拉隊出去雪地行軍。

但如果是教官……就要讓他更驕氣，才足以壓制蠢蠢欲動，充滿敵意的學員。

所以，她故意在講解的時候犯幾個不該犯的錯誤，逼得驕傲的阿史那開口，漸漸把帶隊的任務接過去……不然李瑞真能把他們帶往渤海了。

「你們教官都是這種貨色？」阿史那聲音很冷的質問。

「遇到你就必須是這種貨色。」李瑞倒是一點火氣也沒有。

這個聰明絕頂的精英斥候第一時間就明白了。他居然往李瑞挖的坑跳了下去，這讓他怎麼忍受得了。

「我不管了。」他站住。帶隊的人一站住，所有的人也都止步，面面相覷。

李瑞接過他的隊旗，「嗯，好。那咱們繼續往渤海去……開春說不定走得到。沒都餓死的話，來得及釣魚補充糧食。」

阿史那瞪她，李瑞依舊溫和的回望。

他有股衝動，一掌把她拍死，然後扔下這群找死的白癡。

可他已經深陷蠻荒雪地，糧食不夠回返。一個人要獨自脫險的希望太小了。

磨了磨牙，他搶過隊旗，悶不吭聲的往正確的方向走。

他不得不教這些該死的燕人設陷捕捉稀少的獵物，不得不教他們鑿冰捕魚，補充日漸短缺的糧食，嚴厲控制每日口糧。晚了五天，才把又餓又凍的乙隊拉回賢良教院。

從頭到尾，李瑞只管行軍，一直微笑的看他處置。

「妳一定有後著。」阿史那忿恨的問。

李瑞很大方的承認，「沒錯。」把藏在袖裡的煙花禮砲給他看。「若是隊伍撐不住了，我會放煙火請人來救。我也是捏把汗的。」

阿史那的手緊緊握著彎刀，指節發白。好一會兒才平息怒氣，垂下眼簾，牙關咬得緊緊的。

在長途雪地行軍之後，原本枯燥乏味的軍事課程顯得非常和藹可親——最少是坐在屋子裡上課，肚子飽飽的，身上暖暖的。

只是課堂上若睡著，就得拉去雪地挨凍，逼得這些學員得打疊起精神。幸好理論型的課程很少，大半都是要動手的。譬如山河圖的繪製，譬如兵器的使用。比較容易打瞌睡的還是講解兵法陣圖，甚至後勤配置……每次上這些不用動手的課，課堂總是要拉一大票去外面罰站。

但是每天下午，這些昏昏欲睡的學員都會精神一振，唯恐跑太慢的跑去大禮堂佔位置。

冬天軍訓非常辛苦，而且容易凍病，尤其是雪地行軍之後。所以除了早晨一個時辰的操練，早上都是雷打不動的軍事課程。但是下午，會在禮堂「大會戰」。

其實說穿了，就是用大沙盤作戰事推演。取材自老將軍記憶中的戰役，慕容夫人也貢獻了一些。甚至這個沙盤推演的遊戲，還是慕容夫人提議的，用意是讓學員培養全面性的戰役觀。

事實上，這是一個超越時代許多的桌上型戰略遊戲，是慕容燦「前世」著迷過的跑團，做得並不細緻。如果是從來沒參加過戰爭的學員，一定會糊裡糊塗，甚至會和主判起衝突。

但是這些學員雖然年輕人居多，可也是百戰餘生的老兵。再加上一直擔任主判的李瑞威望甚重，幾乎沒人質疑，所以這個暱稱為「大會戰」戰術推演遊戲，成了賢良教院最熱衷的活動。

當然也鬧過許多笑話。像是有個隊長非常暴躁，他擔任主帥輸的原因很特別——他斬光了所有的部將。

惹得向來嚴肅的李瑞都笑出來，「趙驅，你把自己大將都砍死了，再砍就是傳令官。你打算一個人指揮四萬個兵？」

被他「斬」的部將一臉苦笑，整個禮堂轟然，差點笑翻了屋頂。

也有兩方都極為保守，一個死守城，一個埋頭做工事鎖城，打得全禮堂的人呵欠連天，一直到子時還在僵持，兩隊部將都東倒西歪的打瞌睡，兩方主帥還在對峙……逼得李瑞不得不宣佈平手，不然還真沒完了。

一開始，阿史那覺得簡直是兒戲，只是站在李瑞身後冷眼看著。漸漸的，他看出了門道，反而凝重起來。

這個女人……到底想做什麼？

宛如兒戲般的沙盤推演，是無聲的廝殺戰場。可畏的不是他看起來幼稚可笑的攻防，而是李瑞事後講評，能夠引經據典，甚至和課堂的理論結合起來……讓原本枯燥的文字生動而深刻。

他並沒有機會去課堂聽課，但李瑞循循善誘的指出哪堂課、哪個教官曾經說過……阿史那警戒起來。

這一千多人……能出多少將帥？不再是靠天資聰穎，不再是父子相承。

「阿史那教官，」一直沒有要求他授課的李瑞溫和的問，「蘭鷟跟你挑戰，你有興趣下場嗎？」

他原本要拒絕，卻臨時改變主意。「好。」他回答得很乾脆。

李瑞有些意外，她深思的看了看阿史那，「那請你點將。」

他也沒多話，下場點了幾個年輕氣盛的學員當部將，相較於蘭鷟全為賢良屯斥候，顯得很特別。

蘭鷟用兵謹慎，講究謀定而後動，但阿史那卻勢如疾火，迅速的擊敗了蘭鷟，全場不禁大譁，跳出幾個不服氣的學員邀戰。

阿史那還是面無表情，冷笑的一場打過一場。所有的戰役都是隨機抽出的，連兵力多寡都要看運氣。但不管多麼劣勢，阿史那都能掌握住時機，就算拚掉自己大半的兵力也要取勝，氣勢極為兇悍而威猛。

到最後，對戰的學員都有怯戰的傾向。

「不公平！」有學員喊了，「阿史那是教官，李教官妳也上場嘛！」

戰爭誰跟你分學員教官？阿史那抬了抬眼皮，一臉鄙夷。

李瑞笑了笑，「趙老教官，請你來主判。」她一站起來，全場歡聲雷動。

一對上手，阿史那才明白為什麼李瑞威望如此之重。

她是個好將軍。非常冷靜，足以扭轉乾坤的好將軍。即使只是兒戲，還是能感覺到她如水般靈活和厚重的剽悍，與宛如塞外狂風沙的阿史那戰了一個勢均力敵，卻誘敵深入，利用阿史那一個極小的失誤，徹底翻轉了局面。

「我輸了。」阿史那很坦然。

李瑞在歡呼得震耳欲聾中，只是對他笑了笑，拱拱手，宣佈今天賽程到此為止。

那天晚上，李瑞照慣例巡邏教院，阿史那默不作聲的跟在她後面，軍靴踏在雪地上發出沙沙的聲音。

「你去上課吧。」李瑞停住，轉身對阿史那說，「但也請你幫我的學員上課。」

阿史那瞇細眼睛。他是突厥人，輪廓較深。長年忍辱負重和早年養起的貴族氣息有種衝突又協調的氣質。雖然不英俊，卻很吸引人的目光。

「我是你們講的『蠻子』。」

「你現在只是阿史那教官。」

阿史那冷笑了一聲，「愚蠢。李瑞，妳很愚蠢。妳這是拿肉餵豺狼，來日妳的羊群都會成了豺狼的糧食。」他兇猛的目光逼視過來，「羊怎麼學，都不會有豺狼的利牙。」

「阿史那教官，你不是豺狼。」李瑞搖頭，「你是草原上被放逐的孤鷹，不得不教導我的小鳶。既然如此，我也樂意與孤鷹分享獵場。」

「……哼。」阿史那不肯再開口，別開了頭。

李瑞彎了彎嘴角，繼續巡邏教院。

在邊關這麼久，她不可能不了解北蠻子。或許他們野蠻殘酷，但不像燕人那樣的陰險狡詐，非常重然諾（當然是對他們自己人）。而弱者臣服強者為奴，只是一言而決，絕對不會反背。

所以阿史那被他的廢物主人送給了老將軍，他絕對不會逃，只會沉默的忍受，不管他為奴前的身分有多高貴。

這樣魯直粗暴的規則……即使是剽悍善戰的阿史那，也遵從不背。

李瑞的心裡，湧起了些微的憐憫。

*　*　*

阿史那終究還是沒抵抗住誘惑，去聽課的同時，也勉強接受了授課。

像他這樣一個幼年接受過貴族教育，長大又成為精英斥候的軍人來說，系統式的接受完整的軍事教育是非常震撼的事情。比起其他昏昏欲睡的燕朝學員來說，他更能毒辣犀利的看出當中寶貴之處，無須李瑞的循循善誘和消化教導。

以前只是憑經驗和本能的軍事才華，經過系統化的課程，往往讓他恍然大悟，彌補以前他覺得疑惑和含糊的部分，讓他的軍事才能更進了一個大階。

這讓他很快的追上李瑞，在大會戰時開始勝負互見，成為可以勢均力敵的對手。

或許，李瑞主導的教院，只有這個異族精英斥候，才真正理解當中的價值。

國之大事，在祀與戎。用兵一直都是國家最主要的大事，而歷代的兵法卻控制在極少數的將門和師徒間，不輕易外傳，一直都是憂慮這樣的「國之大事」若落在居心叵測之徒手底，將彌大禍。

但李瑞卻把這樣的「國之大事」毫不在乎的公開於世，戮力培養。而這些懵懵懂懂的學員，就這樣傻傻的學，這些退役老兵，就這樣傻傻的教，最後都成為教院的教材，著書成冊。

獨獨李瑞一人，將是燕朝新生代將領的「教官」，而燕人向來講究師生關係！

「不是……」李瑞哈哈大笑，「不是你想的那樣。唔，不過這樣的副作用還不錯……」她笑著點點頭，「但主要用意不是這個。我只是覺得不安。若要死一大堆人才能培養個名將出來，代價未免太高昂。更不能指望幾個無師自通的將領護衛國疆。」

她指了指正在操練的學員，「我只是撒些火種下去。把知兵的火種撒遍邊關……」

阿史那冷笑一聲，「養出些白眼狼呢？」

「也有可能。」李瑞承認，「但總不會全成了白眼狼。而且當中總會有獵人，可以抵抗甚至獵殺白眼狼。我不相信靠道德仁義就能和平萬代……我也不相信有放馬南山那一天。」

安靜了一會兒，「最少，遊牧民族和農耕民族的戰爭永遠不會止息。北蠻子沒了，還有回紇。回紇沒了，還會有其他的部族……不會停止的。」

她當然知道，教院不會存在太久……如果她將來老了、死了，可能人亡政息。賢良屯也不太可能一直存在，永遠保持精神面如此犀利的哀軍。

現在教導的學生，很可能會散入民間，最後泯然於眾人。

但是，只要還有個火種在，滔天戰禍狂燃的時候，總會有人知道該怎麼辦，而不是束手就戮。

聽了她的解釋，阿史那用一種看瘋子的眼神瞅著她。當這麼久的斥候，他自信可以分辨出真實和謊言。但現在他幾乎覺得自己故障了……不然怎麼說明，這女人說得居然是真的。

「……妳若非是個野心抵天的騙子，就是聖人。」阿史那有些惱怒。

「都不是。」李瑞笑咪咪的，「我就跟我娘一樣，不過是道德魔人罷了。」

雖然阿史那不知道何謂「道德磨人」，但他的鬱悶都發洩在倒楣透頂的學員身上。

作為一個斥候教官，他很稱職……而且粗暴。不管眼前是男是女，他老是讓他們用身體體認到他鞋子穿幾號。

和他教育風格迥然不同的李教官從來沒有干涉他，只是輕飄飄的提醒了句，「別增加非戰損。」

阿史那語氣很冷，「不會要他們的命，也不會缺胳臂少腿。」

在冬末時，阿史那教官建立起他至高無上的權威，和吸引了所有學員的仇恨值。不過繼幾次蓋教官布袋未果，反而讓教官打得鼻青臉腫的衝突後，學員只能敢怒不敢言。

這種民族仇恨加上教官仇恨幾乎要導致天怒人怨的頂點時，一直默默觀察的李瑞才放出阿史那身世的解釋。因為是對蘭鴦解釋的，所以增補得宛如演義話本，簡直感人肺腑、蕩氣迴腸，大大的降低了仇恨值。

連最恨北蠻子的那批民族主義者，都找到了良好的藉口——阿史那教官是突厥人，不是北蠻子。

於是，這個北蠻子精英斥候，正式被所有學員默默的接納了。

阿史那對此有了慎重的表示。他對李瑞說……「混帳！」

李瑞擺了擺手，「不用感謝我了。咱們教院就是個大家庭，忒包容的。我知道你個性彆扭……」

差點被氣死的阿史那憋了半天，用突厥語罵了一刻鐘，最後才用漢語說了聲，「屁！」

李瑞根本沒當回事，還是笑咪咪的。

被惡狠狠的坑了又坑，看到坑還不得不跳下去的阿史那，惱怒異常的在開春時回返了。只能說個性決定命運，誠不我欺。

他本來是發誓再也不去被李瑞耍的。但離開那個令人憋悶的黥面女子，他卻總是在不經意間，想起貌似嚴肅，事實上膽大包天的李教官。

太令人鬱悶了。

長慶二年後，邊關開放互市。除了嚴禁鐵器外，其他無太大限制。

但北蠻子學得很快，也很狡猾。他們願意交易牛羊，但馬匹卻用駑馬充數。

即使雙方互有防備，隱有敵視，但原本偷偷摸摸的走私終於可以攤在陽光下，甚至受軍方保護，的確大大緩和邊境的緊張情勢。

受創甚深的北蠻子諸部落，沒有能力組織大規模的打草穀了。但有些過不下去的小部落，偷偷摸摸的越過邊境幹一票，卻沒辦法禁絕。只是規模已經成了馬賊盜寇一流，在日益精進的斥候網中，往往可以全殲於境內，危害不算大。

也因為如此，山頭林立、派系分門的軍方，才會對這些斥候們的「私下勾結」睜隻眼閉隻眼。

用教院的名義，所有在教院學習過的學員，都成為斥候網的一部分，緘默的互相交換情報，用狼煙、煙火、記號、傳鼓、驛站，以最快的速度傳遞入寇情報，由相對應的部隊盡快剿滅或驅逐。

連阿史那都被納入這個情報網中。

他皺緊了眉，看著沖天狼煙，還是請了假，去處理「私事」。

畢竟那些放狼煙的笨蛋孩子，也是他的學生。

但他實在越來越不解。李瑞已經超過她的本分太多太多。如果她是個男人，說不定會好一點……頂多就是另一個楚王罷了。

可她是女人。和這個龐大帝國的皇帝一樣，都是女人。照那個皇帝對邊關的處置，他敢肯定，不如李瑞很多很多。但李瑞經營六屯，卻不只是會打仗而已。

他想起被他父親砍頭的宰相。不就是因為……上馬能治軍，下馬能治民，舉國只知有宰相，不知有皇帝麼？

明明是個聰明人啊……為什麼把自己放置在如此險地？

第二年的深秋，他還是騎馬去了賢良屯。

李瑞微笑著歡迎他，阿史那研究似的看著她臉上的刺青，「……為什麼？」

「唔？」李瑞微眯著眼睛，「刺青？」

「妳是想死，還是想當皇帝？」

李瑞張大了眼睛，環顧四周。幸好她準備帶阿史那去牧場瞧瞧，這條路很是荒僻。

「喂喂，就算是很生氣，也別這樣殺人不用刀嘛。」她有些不高興了。

可惜，阿史那不是個容易呼嚨的人。

望著飄然輕舞的初雪，李瑞搔了搔頭，驅馬領他去牧羊人的小屋，燃起篝火，省得凍死在雪地。

「呃，這話兒，以後就不要再說了。」她悶悶的取了茶壺裝滿雪，擱在火堆旁。

「妳又不是我的主人，我為什麼要聽妳的？」阿史那鄙夷的回答，「不過妳若誠實告訴我，我就不再提。」

「嘿，阿史那，我不知道你有這麼強的好奇心哪。」

「別轉移話題。」

「……」

李瑞有些發悶，為什麼這個厲害的突厥人，這麼難呼嚨呢？

「聖上很賢明，我怎麼可能有其他心思？」她硬著頭皮回答。

「哼哼。」阿史那冷笑，「賢明的皇帝會大裁邊軍嗎？那愚蠢的女人！北蠻子不是滅絕了，只是吃了個大虧。楚王打這一仗，頂多保十年沒事。十年以後呢？怠惰十年的士兵，可還記得怎麼拿起弓箭？……」

他的眼睛緩緩睜大。「所以……所以妳才在撒火種是嗎……？」

「有點兒。」李瑞漫應著，神情嚴肅起來，「但你不要把皇帝想得那麼糟糕。她也是沒辦法的。大燕立國已經三百餘年……內政的問題很嚴重。戰爭，不是將士用命就可以了，事實上，戰爭就是打錢。」

其實，大燕在豐帝時已經有日薄西山的傾向了。一個延續了三百年的王朝，文官也好，武將也罷，已然盤根糾結，啃噬著王朝的生命力。若不是歷代強力轄治世家，那還有豪族之禍……

累積沉痾三百餘年，不轉變不成了。

若不是慕容皇后共治十年，之後又登基為鳳帝，因為土地兼併過甚導致的民變早赤焰遍地。這個心思靈活的鳳帝，一面減免地賦，一面任用酷吏抄豪強的家產，同時鼓勵工商，從中獲取大量的商稅，才有錢整兵備武，靠著楚王這把天子之劍，力拒北蠻。

但女帝登基，需要文官的支持，所以她一直容忍士人階層，優待武將，對許多結黨、貪污等等問題，暫時的視而不見。正因為她是個強勢皇帝，所以這些問題可以壓抑下來，讓她任內呈現中興的氣象。

可只是暫時擱置，不是不用處理。這個問題，最後落到翼帝的手上。

「皇帝是多疑了點……」李瑞苦笑，「但你想，一個當了二十幾年皇太女，臣子天天想把她趕下去的皇儲，又有一個這麼英明神武的皇娘……她哪能不多疑？北蠻子打仗，越打越有錢，可我們跟北蠻子打仗，可是越打越窮……」

李瑞啞然片刻，搔了搔頭。總不能跟個外國人講，在翼帝初登基時，有個皇兄在外手掌重兵，是件很令她戒慎恐懼的事情。

「內政的問題，不處理不行了。我想皇帝是想打時間差，只要求得十年平安，就能安內。之後就能騰出手來攘外……」

「想的是不錯。」阿史那垂下眼簾，「但凡事都能預料麼？」

李瑞安靜了一會兒，苦笑兩聲，「所以，那就是臣子的責任。」

這也是為什麼，楚王和她都默默接受，從不多言。

阿史那一直沒說什麼，只是雙眉越蹙越緊，越發惱怒。

李瑞明明可以不要對他解釋的。明明可以不用說得這樣清楚。但她如此坦白、推心置腹……對一個外國奴隸。

他很火大，非常火大。

這該死的女人又挖了一個大坑，而他又不得不跳下去。

這真是他媽的非常該死……逼得他不得不盡心盡力酬報這種推心置腹。

這一年的冬天，晚上蒙著被子哭的斥候學員明顯增加了。

本來就很可怕的阿史那教官，現在更像是被魔鬼附身，將每個學員都電得金光閃閃，只能抱頭痛哭。可李教官都不阻止他，反而一臉嚴肅的站在隊末，跟著他們一起被折騰……

但李教官跟他們怎麼相同？她可以輕鬆吃下所有的訓練量，可咱們都是普通人……不可能跟那些非人哉相提並論啊！

學員的日子很悲慘，非常悲慘。

但等開春結訓回返部隊時，卻把他們的同袍嚇了個不輕。一個個殺氣沖天，整個脫胎換骨。操練時總是咕噥著（尤其是射箭時），「幸了你，死突厥蠻子……」打得同袍哭爹喊娘兼莫名其妙。

這些被折騰脫了幾百層皮的學員，通常都是部隊裡的精英或中下幹部。所以……

你知道的，許多部隊又被折騰的雞飛狗跳，等於替大燕邊軍的精英化做了極其卓越的貢獻。

藉由斥候情報網回饋的消息，讓李瑞極度滿意。這個一心奉獻在軍事教育的教官，非常珍惜自己寶貴的師資。所以，隔年仲夏，老將軍身患重病，即將就木時，她換馬不換人，兩天日夜兼程，狂奔到嵐州，用兩百匹馬的代價，硬是從老將軍長子的手底，搶下了阿史那的歸屬權。

她才不會讓自己的教官成為別人家卑微的家奴。

「好，阿史那教官，你歸教院了。」差點累散架的李瑞抓著賣身契，少有的露出少女似的微笑，讓她刺了兩行血淚似的面孔，顯現意外的詭麗。

阿史那連話都說不出來。

照原本的約定，他本來每年冬天都得去賢良屯，不管他屬於老將軍還是他那笨蛋又貪婪的兒子。李瑞根本不用花這筆錢。兩百匹馬！對於原本是遊牧民族的他來說，是筆非常可怕的財富。只有贖取貴人才會有這種大手筆！

「……我不值兩百匹馬。」阿史那枯澀的說。

「胡說！」李瑞嚴正的斥責，「阿史那教官，你價值兩千匹馬！」她不太好意思的搔搔頭，「只是我拿不出那麼多馬……幸好他們也沒跟我開那麼高的價。」

阿史那張了張嘴，卻一個字也沒說出口。他的心情非常複雜而煩悶，隱隱覺得不妙，很不妙。

他一直是個很驕傲的人。給北蠻子貴人為奴，他也是幹好自己的工作，卻打從心底輕視。老將軍像是馴烈馬一樣把他留在身邊，恩威並施，也沒減輕他這種輕視。

但現在，現在。現在他覺得那道用輕視和冷漠築起來的隄防，快要不管用了。

恨恨的，他說，「妳挖坑給我跳。」

李瑞撓撓臉頰，「……沒辦法。你是個太優秀的教官……我是很想給你自由，但北蠻子若有聰明人得了你，事情就大條了……」

阿史那冷哼一聲，別開頭。

「所以我不得不挖坑給你跳。」李瑞有些歉意，「你性情驕傲，會承這份情……不過你不是替我幹活，是替教院幹活，你該有的福利和津貼都會有，所以……」

「閉嘴。」阿史那冷冷的打斷她。

讓阿史那更不開心的是，她還真的說到做到。

所以，十一歲以後，身無長物的阿史那，從此在教院有了自己的小院，圈養著三匹牧場最好的戰馬。牆上掛著五石強弓，是李瑞從兵部磨來的精品。一把六尺橫刀，乃百煉鋼所造，吹毛斷髮。一把形式奇怪的匕首，是慕容夫人親自畫圖樣打造的，世間僅有四把，李瑞卻慷慨的送給他。

四季衣服，薪餉飲食，都安排得好好的。他甚至還有個小夥子當勤務兵，另從牧場抽調熟練牧民來給他照顧三匹戰馬。

但是管牧場的場長看到他都翻白眼。因為好不容易有點規模的牧場，一口氣出血了兩百匹足齡好馬，讓這個原是北地歸燕的老牧民心痛得想死。不知道衝著李瑞罵了幾百次敗家子。

的確敗家，太敗家。連阿史那都不得不同意場長的話。

心不在焉的玩著那把匕首，阿史那有種氣餒的感覺。若不是他堅拒，李瑞還想塞套明光鎧給他。但其他的武器……他實在拒絕不了這種誘惑。

混帳。

這根本就是無恥的、赤裸裸的收買人心！

本來他可以冷笑著看破這種拙劣的伎倆，繼而無視。但這個該死的女人，混帳的女人……卻不是為了私心收買他。

而是為了一種讓人發笑的天真，令人起雞皮疙瘩的所謂崇高理想，收買他當個……教官！

他最恨這種自以為了不起、自以為聖潔無比的白癡了！這種人不用戰亂，上面的人皺個眉就引頸就戮了……

突厥有名的賢相不就這麼死了嗎？

然後呢？不就是國亂、內戰，接著北蠻入侵，國亡……什麼都沒有了。

越想越煩悶，他霍然站起，光噹一聲，把匕首插在桌子上。決定這些通通不要了。

他要告訴李瑞，她愛怎樣就怎樣，但不要指望他會跟她一起攪和。大燕強弱盛衰，都不關他的事情。他絕對不要替大燕訓練任何一個斥候或士兵，這些都跟他沒有關係……

更不要陪李瑞一起被砍頭。

她再這麼白癡下去，早晚會被砍頭。不管是突厥的可汗、北蠻的首酋，還是燕朝的皇帝，都是一路貨色。

但他在教院踅了一圈，還是沒看到李瑞。一路騎馬尋到屯田，才看到站在麥田裡的李瑞。

她的表情很放鬆，甚至可以稱得上溫柔。伸手輕撫著及腰的麥浪，稱著麥穗的重量。夏末秋初乾爽的微風，吹拂著額上飄散的細髮，瞳孔裡倒映著麥子的金黃。

好一會兒，她才從愉快的神遊中清醒，看到離她五步遠的阿史那，露出沒有防備的笑容，「今年收成不錯，百姓可以過個好年了。不過還是得防備著，我想屯兵都出動來助割好了……萬一下雨就慘了……」

原本想說的話，都哽在喉頭，再也想不起來。

那一年，他七歲還是八歲，宰相牽著他去看麥田，說著差不多的話。「百姓今年能吃飽了……馬蹄可以征服土地，但還是要撒下種子，百姓吃得飽了，帝國才會壯大……」

滿口苦澀。若是他的父親不短視呢？若是宰相活著呢？龐大的突厥帝國還會這樣轟然倒塌嗎？

「……妳別太早死。」阿史那低聲，「妳死了，會有很多人也跟著死。」

「才不會。」李瑞漫步在田埂上，手還是輕拂著累累的麥穗，「身死制度存。我早就打算好了。我跟我娘打造的制度，可是可以延續很久很久的……」

阿史那知道，他完了。

終於，他跌入最大的那個坑，永世不得翻身了。但他跌得心甘情願……雖然有些鬱悶。

只是他連棺木和葬禮都自己預備好了，甚至願意自己掩土。

＊　＊　＊

阿史那終於知道，李瑞為什麼只在冬天集訓了。

因為她春夏秋都很忙，忙著經營六屯區。

六屯中只有賢良屯屬於工商屯，種植麻棉，其他五屯都是糧田。但燕雲適於種田的土地實在不多，大約有四成的土地被山川瘠地佔據，更有三成多屬於看天田，不利灌溉。

李瑞雖然將權力徹底下放，並且經過慕容夫人和她兩代的努力，有了個遠勝於燕朝的良好政治制度，但她依舊延續著教院優良的傳統，用集思廣益的方式，盡力改善六屯區的農業經濟。

不適合農耕的瘠地遍植苜蓿，改成牧場，廣募南歸牧民養護。而且將羊圈養起來，因為羊會把草籽草根一起吃掉，造成土地越發貧瘠。牛馬才是採放牧，戰馬則是採集中養護。

第一個牧場是賢良屯所有的，也是她花盡力氣、窮得一場糊塗，甚至不惜打劫馬賊養起來的。但是這個牧場的成功，讓她有底氣推廣出去，也讓原本貧瘠的廢地，反而成了活生生的金窟。

但她花費最多心力的，反而是六屯區的水利。

以前屯區的近水良田都掌握在少數軍官手裡，土地兼併的惡習也席捲了屯區。自從李瑞接管了六屯區，屯長由她任命，原本世襲軍官手底抓著幾百個老兵不放。李瑞也沒對他們大動刀……

但是接掌五屯的女屯長都擅長軟刀子割肉。

田地再多，沒有人種，還是沒有糧食。一年兩年能夠撐得住，三年之後……這些世襲軍官吃不消了。最後五屯區的世襲軍官鬧了一場譁變，哀軍只花了半個時辰就鎮壓完畢，順便把主謀一起拔了個乾乾淨淨。少數沒有跟著起鬨的軍官膽寒了，在女屯長們客氣無比的收購良田時，更客氣的出賣手裡兼併的所有土地，想盡辦法調走了。

在李瑞出嫁之前，土地被軍官兼併的問題就雲淡風清的解決，並且分劃給屯民耕種，大大的提高了生產的積極性。至於諸屯長請求的繇役——興辦水利，也樂於參與，沒什麼人抗爭。

挖掘溝渠水利這件事情，並不是短時間就可大功告成的。但隨著水利工程的逐步完工，灌溉面積逐步擴大，糧食的產量也逐年翻升。不但足以供應六屯區，軍糧富足，甚至還可以收納流民、抵抗荒年。

連險峻的山區都能出產木材和鐵礦，山區甚至修築了道路。這是在荒年和流民潮時，李瑞用「以工代賑」、「擴大公共建設」的名義，一面吸納多餘勞力，一面活絡當地經濟。

原本屬於窮困地區的六屯區，在李瑞多年的經營下，竟被稱為「幽州小桃源」。

所以她忙，很忙。因為她覺得自己一直很窮。之前的窮，在基地貧弱的狀況下，逼得她得去搶劫馬賊。現在基地富強了，她還是覺得窮。因為要做的事情和該做的建設，都是要花大把大把的銀子……

一直到阿史那終於乖乖當她家的教官，她還是個窮鬼。外表上看來，哀軍保持著原本人數，斥候隊人口也沒有增加。五屯的常備屯軍僅有一千人，既然朝廷供應武器盔甲，壓力似乎不大。

但是，她的屯軍，裝備可以比擬翼帝裁軍後重建的禁軍，武器更是遠勝。更不要提她的本行是個教官。她屬下屯軍就算面對禁軍，以一當百太誇張，可以一當五，應該沒有問題。

如果是哀軍，這個比例還可以再提升。

而半農半兵的屯軍，在大燕軍裡頭，只算三流部隊而已。可她會這麼窮困，就是她把三流部隊也武裝到牙齒。即使她的屯街有一坊都是鐵匠，也幾乎吃掉她大半的預算……讓她常常抱著帳冊愁眉不展。

但真正讓阿史那不知道該罵她笨蛋還是佩服她的，是李瑞才有的特殊兵種——騎步兵。

原本阿史那不懂，為什麼李瑞養了大批駑馬，而且都是粗放粗養。成本當然很便宜，但要當軍馬簡直是開玩笑。在他看來，這些駑馬除了會跑外，大概只能耕耕田，或者是戰備儲糧。

等他了解這些短腿駑馬的功用就是拿來代步，騎步兵到了目的地還是要下馬戰鬥時……他都不知道要說啥。

「……這有什麼用？」他扶額。騎兵的優勢都讓她浪費了。

「用處很大呢。」李瑞很認真，「行軍太浪費時間，等走到目的地也沒力氣打仗了。有馬代步就有機動力……」

……那要多少馬啊？在幾萬人的戰場上，她投入兩千步兵也沒用，連個水花都不起，還得耗費許多馬力和糧草。

「妳乾脆訓練騎兵不是比較好？」阿史那一整個啼笑皆非。

「騎兵太貴。」窮困的李教官說，有些羞赧的，「……而且沒師資。」那些鼻孔朝天的騎兵大爺，不肯來教院教學。

「……我教。」阿史那無奈了。

李教官很認真的思考了一會兒，「那個，阿史那教官，你覺得教一個合格的騎兵要多久？」

「最少五年。」阿史那想也沒想，「基本騎術和馬上騎射，不能少於五年。」

「……一個要花多少錢？」李教官顫顫的問。

阿史那無言了……接著嘆了很長很長的一口氣。

不過等他看過了李教官窮得幾乎要當褲子才養出來的五十名「鐵鷂子」，他有種欲哭無淚的感覺。

當然他不知道，這是另一個時空，幾百年後夏國引以為傲的重騎兵，但他也不得不承認，的確威力非凡——花的錢也非凡可觀。

「這應該是舉國之力來養這種重兵，不是妳用塊破地方窮個半死來養。」阿史那沒好氣的說。

李瑞乾笑兩聲，「……本來就是打打小股馬賊，殺殺小部隊的北蠻子……」

但是阿史那的確是在軍事上有著極度剽悍才華的強者。

當李瑞的大哥入主兵部器械司時，撥下了一批最新開發的兵器——重五十斤，長足一丈，雙面開刃，名為陌刀。

之前阿史那為了加強騎步兵的強度傷透腦筋……長槍兵太脆弱，盾刀手攻擊力太弱。但是陌刀卻給了他新靈感。

於是，大燕的陌刀隊在這個時空堂堂登場了。雖然規模還很小，比起另一時空的唐朝陌刀隊差了很多。

但是用鐵鷂子保護兩翼，陌刀手推進如牆，刀鋒所在處血肉橫飛，連人帶馬一起消滅的悍然氣勢，已然成形。

在他們偷偷摸摸跑去嵐州打垮最大股的馬賊時，證實了陌刀的剽悍和這種戰術的有效。

唯一的後遺症是……慕容夫人在隨夫遠赴江南前看了一次操練，笑得差點從馬上跌下來。

「鐵、鐵鷂子和唐陌刀……大、大亂鬥……哈哈，哈哈哈哈～」

阿史那和李瑞被笑得莫名其妙，完全摸不著頭緒。

＊　　＊　　＊

相處久了，阿史那很氣餒的發現，總是一臉嚴肅的李瑞，事實上是個性情很綿的人。

很少發怒，不囂張，不激昂，連說話高聲點都很少。

這種性情，當個世家小姐當然是合適的，但當個主公……就太糟糕了。

簡而言之，就是徹底的不思進取。

除了坑他的時候義無反顧、費盡心機、迂迴百轉，其他的時候，啥事都扔給底下的人辦，她從來不直接干涉。只有幹部遇到困難，或者互相起爭執，才會介入。可以說，民政的細節她是不太管的，只抓大方向和解決困難。唯有屯軍操練是她的事情，不過也只有農閒時才抓得緊。

哀軍和斥候隊各有教官帶領，她一個總屯官，居然站在隊末，也聽從各隊指揮操練，跟個小兵沒兩樣。

阿史那最悶的就是這個。

突厥帝國的光輝雖然短暫，終究傳承三代，橫跨整個西域，與大食接壤。所受的貴族教育雖然不怎麼長，但他依舊還學過大食文字，粗略通曉兩三種西域常用語，後來還跟北蠻子的漢族通譯學會漢文。

可以說，他在這時代是少有的行萬里路、讀萬卷書的實踐者。眼見帝國衰亡和北蠻崛起又復戰敗，他深刻的領悟到「馬上得天下卻不能馬上治天下」的真理。

但李瑞倒是把這真理推翻得極順，展現一種強悍的才華。這是第一個，阿史那親眼所見，能馬上得天下，亦可馬上治天下的強者。

瞧瞧她的六屯區，想想她在領軍破馬賊時冷靜又尖銳的風格……

但這沒出息的女將軍，就甘願窩在這小小的破地方，領著三流部隊。僅有的樂趣就是在田間蹓躂看莊稼，不然就是去牧場刷馬。

望著揮舞著陌刀和練習鐵鷂子的騎兵，阿史那的哀傷，真不是一點點而已。

不用太多，陌刀手一千，鐵鷂子五百，加上哀軍步騎一千五，和那一百名斥候，就可以了。只要這兩千多的部隊在手，他就有把握在西域爭雄。連第一目標他都想好了，先拿下疏勒……就能在西域打下一根釘子，立穩腳跟……

重新霸臨西域也不是難事。

因為，李瑞可不只是會打仗而已。

阿史那終於忍不住，跟她略提了提。正在刷馬的李瑞張著嘴巴，好一會兒才閉緊，繼續刷馬，「……阿史那，你要我幫你復國嗎？」

「我是奴隸，復什麼國？」阿史那惱怒了，「你們皇帝對妳又不好！妳的功勞只該是總屯官嗎?!」

「總屯官挺好，我才不要升上去。」李瑞悶悶的說，「官越大需要養的人越多。養的人越多我就越窮……老打劫馬賊不是個頭啊！搞得跟黑社會一樣，黑吃黑……」

無法忍受的阿史那把鬃刷往水桶一丟，濺起老大水花，潑了李瑞半身，怒氣沖沖的走了。

李瑞無奈的抹了抹臉，繼續刷馬。

阿史那算是含蓄了。他不是第一個提議的，想來也不是最後一個。

最早是被她俘虜充軍的馬賊，異想天開的想踢開燕朝單幹。後來是幾個對僵化軍方失望的學員。幾個屯長吃了文官上司鳥氣的時候也會嚷嚷。

她也納悶，為什麼都要算在我頭上？我幹什麼了我？一切都是不得已、趕鴨子上架。我不喜歡打仗，也不喜歡殺人啊！實在逼急了，沒辦法。

對這些人急著「黃袍加身」的謬論，她實在不了解。大燕雖然小毛病不少，最少這麼大的帝國還是照顧得不錯。許多問題是三百年來的沉痾，不是打打殺殺就能解決的。

其實，李瑞一直覺得滿孤獨的。她太冷靜理智，所以跟別人在心理上就隔了很遙遠的距離，連賢良屯的姊妹都親近不起來。畢竟她還真沒把貞操當回事兒……最少跟性命比起來。

但這太離經叛道。

唯一比較能了解她的，也只有娘親。可自她從軍，就很少有機會和娘親談心。部屬崇拜她，屯民敬畏她，她卻得更謹言慎行，維持一個公正的總屯官形象。

擔子很沉重，她倒還能擔起。但是要尋個能講話的人，卻很困難。

她會挖那麼多坑給阿史那跳，一方面是優秀師資很難尋，另一方面是跟阿史那鬥智鬥心機終於有了「不是欺負小孩子」的感覺。

可憐。她默默的想。從軍八、九年，堂堂六屯之長，斥候教院教官，連人都嫁過了。唯一說得上話的是個外國人……情何以堪。

搔了搔頭，她還是主動求和，訕訕的跟阿史那解釋，「……而且，我不是個好將軍，甚至不是個好士兵。有些任務我會拒絕……根本沒你想的那麼厲害。」

阿史那狐疑的看了她一眼。

「呃……之前冀州之役，本來大帥安排哀軍去襲擊北蠻子的大後方……我拒絕了。」

李瑞嘆氣，「大後方是啥？就是些老弱婦孺的平民。戰場上廝殺，我能接受。身為士兵就該馬革裹屍，他們膽敢來犯就有死掉的覺悟，殺他們沒心理負擔。但我沒辦法殺平民……不管理由有多正確。」

她的聲音漸漸低沉，「……所以我不是個好將軍，更不是個好士兵。我頂多……就是個守土的料。」

阿史那張大眼睛瞪著她，難得的露出驚愕。好一會兒，他才咳了聲，「我記得燕人有句話，『慈不掌兵』。」

「這話不對。」李瑞搖頭，「不慈才不能掌兵。只用高壓酷刑帶兵可能見效很快，但是副作用也很大。帶民要帶心，帶軍也是一樣。」

「……那妳怎麼處理軍紀問題？」阿史那沒好氣。

「軍紀問題是軍法官的事情。」李瑞一臉莫名其妙，「制度擺在那兒，養了一堆監軍。監軍不能把紀律弄好，莫非是在隊上吃乾飯？」

阿史那很想反駁她，可他想到，李瑞的軍隊，沒斬過誰腦袋，也很少打軍棍。頂多就是站軍姿、罰跑。

但她的軍隊，不管是哀軍、屯軍，或者是教院學員，軍紀是他僅見最好的，真正做到令行禁止。

阿史那再次華麗麗的鬱悶了。

認識李瑞之後，他終於感受到，「道德磨人」的威力。

真的，太磨人了。

但這不是李瑞最磨人的地方。

更磨人的是，阿史那和她並肩刷馬的時候，她很誠懇的用大白話開始講解《論語》。

這才是最磨人的地方。

阿史那牙關咬得咯咯響，卻沒出聲。李瑞真把他當大字不識的蠻夷了……雖說是為了當個斥候，他才跟漢人通譯學漢文……但他所在的部落是北蠻子當中最強盛的，之所以能掙到這地位，和首酋開始重用南人有很大的關係。

那個漢人通譯正是個不第秀才，被首酋擄來後非常禮遇。而阿史那畢竟有過文化底子，自然也讀過《論語》。

「……夠了！」他終於忍耐不住的吼出來，「我知道《論語》！我還知道民可使由之不可使知之！」

李瑞安靜了片刻，搖了搖頭，「你這斷句錯了。是『民可使，由之。不可使，知之。』。」

阿史那一臉古怪的看著李瑞。她以為阿史那沒聽懂，很善良的解釋，「這話的意思是，百姓知道該幹嘛，就任由他們該幹啥幹啥去。如果百姓不知道該怎麼做，就要教百姓該怎麼做。這和『不教而殺謂之虐』意思是一脈相承的……」

「不對！」阿史那更火了，「妳這是瞎忽悠，從來沒有人這樣解的！」

李瑞啞然片刻，承認了，「的確沒人這樣解……可不這樣解，我背不進腦子裡。」她露出一絲孤寂，「我……我五、六歲就識了千把個字。但《論語》足足讀了兩年才背下來。因為不認同我就記不住……可每個字我都反反覆覆想明白了，我也完全相信了。

可我不明白，為什麼比我書念得多的讀書人，四書、五經爛熟，卻不相信書裡的任何一個字。我真不知道這世界怎麼了，為什麼追求名利才是對的，若不追求這些，反而是錯了。你們老是問我，我到底想幹嘛，我真的不知道怎麼回答。

我真的沒有想做什麼。虛名有什麼用？我少年時號稱文武雙全的才女，一場災難我就成了不節之婦……名有何用？自幼錦衣玉食，無處下箸，反而當了兵我才覺得吃飯挺開心的，頓食不過斤許，床眠不過一丈，父母兄長無須我奉養，無兒無女，我一個人要那麼多錢做什麼？

我真的只是被逼到沒辦法了，看不下去了，才想辦法解決問題。我是真的相信老夫子說的話，所以言行盡量向夫子所言靠攏。這樣，很奇怪嗎？我娘說，這就是道德魔人，是不切實務的，雖然她也是，卻不希望我這樣。

但為什麼不行呢？為什麼這樣大家都想找我麻煩呢？有人跟皇帝打小報告，說我是另一個王莽，說我割據幽州。我真的不懂。我不了解這個世界，這個世界也不了解我。這些文官是怎麼了，難道四書五經就是塊書磚，給他們敲開仕途用的……完全不曾信仰過？阿史那教官，你說，為什麼呢？」

李瑞雖然沉穩理智，但是她也是積了一肚子委屈。最近她被彈劾得很煩，卻只能面上泰然自若。這些事情，她不能跟父母兄長訴苦，怕他們擔心，也不能跟部屬傾訴，因為她是這些人的中心骨，怕他們惶恐。

她也知道自己是誤中流彈。項莊舞劍，意在沛公，御史表面上彈劾的是她，實際上是為了她兩個日漸權重，令人忌憚的哥哥。

但翼帝雖留中不發，卻抄錄了一份副本差人送來。

只能忍了。但無處傾訴的她，忍不住對阿史那喊了起來。

寡言的李瑞突然發飆，讓阿史那目瞪口呆了一把。等他回過味來，說不清是什麼滋味。

太乾淨的人，令人畏懼，更令人怨恨。

「……我怎麼知道?!」阿史那發洩似的怒吼，「我是野蠻殘忍、目不識丁，只會殺人的突厥蠻子，誰知道你們這些書生仔的彎彎道道？不要問我！」他一把扔了鬃刷，跳上裸馬，狂疾而去。

李瑞那天下午刷了一馬廄的馬，還發洩似的鏟了半馬廄的馬糞，跟牧民一起清理整個馬廄。

阿史那一直到戌時才回來，直接就去踹李瑞的門。

「有事？」她靠體力勞動發洩心裡的不滿和怨忿，這個時候累得緊。剛在公共浴室洗好澡回來，頭髮還是濕的。

「你們燕朝，上上下下都是渾人。」阿史那眼神很冷，「這也容易。妳跟朝廷往上報，不用多說，就把妳鼓勵婚嫁，和賢良屯嫁了多少人出去講一講就好了。」

自從翼帝大裁邊軍後，名義上是裁汰老弱，可卻成了軍中排除異己的手段。許多會打仗卻不會做官的硬骨頭、刺頭兒，都被趕出大燕軍。這些年紀大約三、四十歲的老兵，只能轉軍屯，成為屯軍或鄉勇（屯民）。和哀軍並肩子打過仗的老兵，不少都指定要轉賢良六屯。

這些血氣仍盛的老兵，不怎麼把禮教當回事兒，反而以娶烈女為榮。李瑞也覺得賢良屯的女人，不該只想著怎麼笑著去死，而是要快樂的活，很鼓勵婚嫁。

但她不覺得這有什麼好講的。只是阿史那這麼一提……她愣了半晌，就想通了。

她真正能調動的，不過是哀軍和五屯屯軍。屯軍是固定配額，但哀軍的數量一直都是她說了算。現在她鼓勵賢良女性出嫁，等於是釜底抽薪的自裁兵源。

什麼王莽第二啦、割據幽州啦……沒兵都是狗屁，謠言不攻自破。

「……阿史那教官，你下午去了哪？」李瑞顫顫的問。

他笑了一下，展現他漂亮的白牙……像是亮出獠牙的野狼。「找些文官兒問了些事。」

後來李瑞聽說，新上任的幽州知府和一干幕僚，被人蓋布袋拷打了一頓，她不禁大汗。好在她老爹已經去了蘇州，不然落到這個突厥蠻子的手底不是好玩兒的。

之後李瑞的確上了奏摺，沒有自辯，只是將賢良屯的婚嫁情形寫了個詳細報告。翼帝立刻降旨褒獎，還在朝廷上駁斥了御史的彈劾。

這關終於有驚無險的過了。

阿史那雖然還是冷著臉孔死氣活樣，卻開始有問有答，成了李瑞的臂膀。雖然阿史那教官心底還是有著些許悲傷，一整個哀其不幸、怒其不爭。他媽的。阿史那很悶的想。道德實在太磨人，比刀槍劍戟可怕太多了。

* * *

長慶六年中秋。

整個六屯區都陷入火熱的收割季節。堂堂六屯之長，總屯官李瑞，正抓著鐮刀，帶著哀軍和屯軍助割，手腳非常麻利，畢竟已經練了不少年。

扛著麥包上牛車的小夥子大姑娘在歌唱：「**女曰雞鳴，士曰昧旦……子興視夜，明星有爛……**」

原本在賢良屯才有的唱詩班，這些年也在屯街和其他五屯流行起來。這種看歌本認字唱詩的風氣，漸漸在各村屯蔓延開來，隨便逮個小孩子來問，也認識百十來個字。誰家的老娘姊姊，不在賢良屯上工的？聽著老工人唱，聽熟了耳朵，有歌本對著認字，學得也快。畢竟不識字懂算，在賢良屯升得很慢。

於是，原本應該在殿堂之上被景仰的《詩經》，就這樣輕飄飄的走下文學高塔，成為六屯百姓的謳歌。

往往一人唱，百人和。在黃金麥浪起伏的秋季裡，顯現一種特別的古樸韻味。

連李瑞也跟著唱，但軍人麼，總是喜歡軍歌的。她的嗓子在冀州之役時吼壞了，聲音沙啞的緊。但她起頭唱，「豈曰無衣……」不管是哀軍還是屯軍都非常捧場，聲勢壯烈的唱和，「與子同袍！……」

不但軍人唱，百姓也唱，對於這個總屯官，百姓是很愛戴的。

理由無他。其他的軍爺赴任，嘴巴花花講得好聽，折騰來折騰去，無非就是要加雜捐。但李教官話少臉冷，關心的卻是百姓吃飯的問題，對田裡莊稼非常重視。春耕從牧場拉牛馬來翻土，秋收帶著兵爺軍娘們跟著大家夥兒收成。

自從她來賢良屯以後，就很少聽說餓凍死人的，馬賊絕跡，連北蠻子都不敢來了。

百姓的感情很樸素也很敏感。誰讓家裡吃飽了，不讓人來打劫了，誰就是好官。

李教官當然是大大的好官。賢良屯的軍娘，當然也是大大的好人。誰敢說賢良屯的軍娘不好，咱就跟誰急！

十四歲入伍開屯，到現在李瑞從軍已然十載。雖然她是那樣的徹底放權，頗有垂拱而治的味道。但她這個道德魔人的言行，的確深深影響她治下的六屯。

或者可以說，賢良屯深深的影響她治下所有屯民。

帳面上來說，賢良屯在籍的受難婦女，逐年減少，有幾千人已經外聘成家。但事實上，這些飽受憂難，壯懷激烈、慷慨赴國的女人，在兵火和世事的雙重鍛鍊下，不但沒有減損當初鋒利的風骨，反而把這股精神帶到各自的家庭和鄉里中。

即使出嫁，通常還是回賢良屯繼續工作。在這樣的世道裡，家裡多份穩定的收入，等於是家裡多了份強悍的底氣，不怕一場天災人禍就毀家。所謂衣食足而知榮辱，六屯區的確顯現了一種格外不同的氣質。

尚氣重節，捨生取義。

六屯區的屯民自我介紹時，喜歡說自己是幽州六桐人。之所以這樣講，是因為李瑞在賢良屯種了一棵桐樹，桐花六瓣，剛好是六屯之數。

所以六屯屯民衣飾尚桐花，喜歡在衣服印染或刺繡桐花。起因只是因為，李瑞頭回在教院辦競技的時候，窮到沒東西可以賞優勝者，親自折了桐花，編成花冠，戴在優勝者的頭上。

後來居然成了傳統，不管是什麼競技，都以桐花冠為榮。

李瑞為了鼓勵農牧，反正屯民都是軍戶，於是用戰功獎勵能出點子的人。只要證明點子能增加畝產，審核通過，她就不吝戰功記嘉獎，並且賞絹造桐花冠。

得戰功者，子弟能文的可以免費讀書，能武的可入教院，過世以後還可在褒忠祠得享香火，每年清明，總屯官會慎重其事的領著所有大小屯官來拜謁。

她自問不是學究天人那種天才，所以相信群策群力、集思廣益。以往織造坊的時代，她的母親就是這樣辦——能有益織造坊，即使是個小工，也可以提點子，獲得獎賞。所以她也就借用出來，卻沒想到效果這麼好。

六屯區良田少，要繳足軍糧賦稅並不容易。再說，既然已經往工商業發展，就需要很多穩定的人力，逼得她得從農田裡淘出更多的人口。不得不提高畝產，好抽出農田多餘的人力資源。

果然人多力量大，許多只是代代相傳的經驗和訣竅，就這麼淘摸出來，使得六屯區的糧田產量翻倍，多餘的人口能投入工商業，帶動整個六屯區的經濟。

一種熱烈開放又自尊自信的氣質，漸漸在六屯區展現。連始作俑者的李瑞也沒想到會有這種改變。

多為流民和刑徒（流放邊關充軍）的六屯屯民，漸漸渲染出獨特的精神。連被翼帝派來考察的老御史，都不得不稱讚——「六桐民樸實尚義，雖市井輩亦有古風。」

＊　＊　＊

一陣急促的馬蹄聲，讓李瑞警惕的直起腰。

不屑揮鐮刀的阿史那飛奔而來，滾鞍下馬，大老遠的就喊，「李瑞！」這個突厥蠻子雖然跌坑跌到認命了，但喊她還是連名帶姓。

李瑞拎著鐮刀跑上田埂，有點緊張，「怎麼了？」能讓阿史那變色可不是容易的事情。

「西連山下雪了。」阿史那額上冒了一層汗。

西連山離六屯區約百里，山勢險峻，但不甚高。聽了這話，李瑞一呆。

「怎麼可能？今天是中秋！」八月下雪？就算是高山也不該這樣吧？

「這種事情能開玩笑？」阿史那臉孔一冷。

不好。太早寒了。若是還沒收割完畢就下雪了……她心底發涼。今年的收成真的完蛋了。

當機立斷的，李瑞把鐮刀往阿史那的手底一塞，跳上他騎來的馬。

阿史那把韁繩一拉，「妳要幹嘛？」

「把賢良屯裡的人都調出來助割。」李瑞跟他搶韁繩，「阿史那教官，麻煩你去幫著割麥子。」

「……老子只會割人頭不會割麥子！」阿史那吼了，「而且這種事情妳叫個人去不就完了?!」

「啊呀，你是愛民助割的阿史那教官啊。」李瑞陪著笑，「人頭都割得利索，區區割麥哪能難倒您？我得親自去一趟，不然坊長不知道厲害，只會嘮叨工時延誤……」她硬把韁繩搶到手，拍馬狂奔而去，留下咬牙切齒的阿史那。

看著手上的鐮刀，和鬼頭鬼腦在麥田裡看他的軍人。有些還是他的學生。

不就割麥子嗎？什麼了不起？

黑著臉，他踹開了一個賊笑的學生，彎腰悶頭割起麥穗。

九月不到，燕雲就迎來一場大風雪。

這場雪災，規模還只是局部，卻已經毀滅了幾支部族，倖存者鋌而走險，導致了隔年春天的邊關入寇。

打破了秋季打草穀的規律，被打矇的大燕軍一度狀況非常危急，還是機動力最好的哀軍和尚未歸鄉的教院學員湊足了兩千兵馬緊急支援，才沒讓邊防崩潰。

也是因為這一役，一直壓著李瑞戰功的翼帝不得不封個侯爵，安撫因為裁軍不滿情緒日益高漲的軍方。

只打了三個月，就敉平入寇的北蠻子，她再繼續視而不見，也絕對說不過去了。

翼帝和朝廷不知道的是，李瑞軍事上的勝利，更大的功臣，卻是經濟上的運作。在李瑞奔馳支援前，已經知道北蠻子這異樣的入寇，是因為草原雪災，飢寒交迫的緣故。

在李瑞出兵時，阿史那也押著糧食，和邊關商隊去北蠻子其他遭了雪災、蠢蠢欲動的部族，以糧食換毛皮，分化了原本要擰成一股繩的北蠻子聯軍。

雙管齊下，才能打退飢餓的北蠻子。

可這事讓有心人知道，難脫一個「資敵」的罪名。李瑞搔了搔頭，上表辭謝爵位，也沒提這事，只是把氣象異常鄭重的做了個報告，可翼帝堅持授爵，完全沒把氣象異常當回事兒。

「……我聽老人說，四、五十年前也有這麼樣兒的雪災，而且是越來越嚴重，橫跨好幾年。」李瑞南下受爵前，阿史那皺緊了眉說。

李瑞嘆氣。朝廷不重視，她有什麼辦法？「希望不會這麼倒楣吧。」她還是抱著僥倖的心理。

見了翼帝，原本她想提一提。誰知道翼帝替前夫做說客，其他不過話家常，想想皇帝的多疑，她也只能擱下。

畢竟這個時候，李瑞和阿史那還不知道，那場早來的風雪，真的預告了一個蔓延數年，巨大天災勾結兵禍的開始。

長慶七年春的北蠻入寇，到仲夏就已敉平。

這一役，暴露邊關各自為政的缺陷，領兵去救的李瑞，發現將領不是戰死就是被俘，群龍無首。隔壁軍防區的將領卻聲稱不敢無旨妄動，才會這麼嚴重。

啞口無言之際，她硬著頭皮，拿著雞毛當令箭……她不是教院山長嗎？有權調動教院學員「實習」。至於學員帶著殘兵聽從她的指揮，也只是「教程」的一部分。

就是在這種史無前例的含糊中，她統帥了一州之兵，加上阿史那的經濟操作，很快的收復並痛擊了來犯的北蠻子。

她做滿了被彈劾到死的準備，哪知道御史集體都啞了，疑心病甚重的翼帝不重視她上表的氣候異常和邊關兵權複雜難以統合的問題，反而急召她北上封爵。

彼時她才交還兵權，回到幽州不久。休整沒幾天，又被召往京城，所有幕僚部屬都大驚失色，紛紛勸她絕不可去，怕這一去就讓多疑的翼帝扣在京城回不來了。

只有阿史那跟她講，「去，為什麼不去？受不受這爵還是一回事兒。妳不去，皇帝就有藉口收拾妳。反正妳望上去一點人君樣都沒有，皇帝見了妳，不知道有多放心。」

話很毒，但卻是正理。她自己原本就是要去京城的，這理由正好堵住幕僚部屬的疑慮。

在六屯軍民人心惶惶中，秋收的歌聲都少了許多，這陣子最流行的是：「蒹葭蒼蒼，白露為霜。所謂伊人，在水一方……」

李瑞在歸途上聽說時，一整個無語問蒼天。不就北上見皇帝嗎？幹嘛這樣……又不是血肉橫飛的戰場。

她的部屬乾笑兩聲，沒往下說了。她們頭回違抗李瑞的命令，每天都分班悄悄潛入京城探聽消息。萬一教官被封個大官軟禁在京城，那還好說。如果皇帝一時心血來潮，打算送到菜市口斬了，她們也準備以身相殉大劫法場。

誇張？才不呢。屯長們已經準備好棺材和孝布，萬一李教官殉死京城，桐花六屯準備跟朝廷撞個魚死網破了。

比起來，她們動靜算小的。

畢竟，她們效忠的對象是鳳帝聖君和李教官，並不是小肚雞腸的翼帝。尤其是翼帝曾經動過念頭要拆烈女祠……不知道哪個胡說八道的狗道士跟她講，烈女祠風水出帝君。

雖然後來沒有拆，但六屯軍對翼帝的惡感已經無法消除了。

還沒回到六屯，李瑞已經被嚇到了。

六屯軍民相迎於三十里外，夾道歡呼，高喊：「燕侯君！燕侯君！」還有童子數人，捧著絹造桐花跪贈，逼得板著臉的李瑞非下馬收花不可。

「……這是在搞什麼？」她咬牙切齒的低聲問蘭鶩，「都沒事幹了？」

蘭鶩縮了縮脖子，「這不關屬下的事情……屯長接到線報，說教官就要回來了……是父老自己要相迎的……」

李瑞惡狠狠的瞪了她幾眼，僵著臉皮，橫花上馬拱手相謝，異常僵硬的隨著吹吹打打、鑼鼓喧天的鄉民，緩緩的步向六屯區。

阿史那沒有跟著摻和，而是在一個小山崗遠望並且警戒，同時有些心不在焉。

以前他那漢人老師說過，古代有賢人在山下耕作，附近的居民都崇慕賢人高德主動歸附。所在的地方，很快就成里、成村，最後竟然成為都市，耕者讓畔，夜不閉戶。

他嗤之以鼻，認為是不切實際的漢人的鬼扯。比大食傳來的「理想國」還不靠譜。

結果他看到活生生的實例。

如果她得意忘形，因此驕奢自大，說不定感覺好些。這才是他認識的人類。可他媽的她偏不。一副要拉去砍頭似的，馬都快騎不住了。

這就是他媽的賢人？

在一片節慶味道甚重的歡欣鼓舞中，阿史那有些不爽的帶著斥候小隊警戒。他更獨自巡邏到很晚才回來。

結果那個新出爐的燕侯君，一整個枯萎的呆坐在宿舍前廊，連件披風都沒有，幽州的深秋已經足以凍破皮了。

「李瑞，妳搞什麼？想死也不用選凍死！」他把自己的披風扯下扔過去。

李瑞卻鬆了口氣。今天她真是難受得要命。不就個虛銜？連一毛薪餉都沒加。部屬和屯民已經興奮得宛如裂土分封。

接過披風，隨便的裹在身上，「西山下雪沒？」

阿史那搖了搖頭，「前些天我自己去關外逛了半個月，還行。看起來沒那麼倒楣了。」

李瑞輕笑了一聲，「這還真是今年最好的消息。」

看起來去年的雪災是獨立事件，不用太擔心了。

阿史那張了張嘴，最後還是沒有說。他仔仔細細的探查過，傳說裡百年前也曾經有雪禍，就是那場蔓延十年的雪禍，才導致北蠻子往西與南擴張。

那場雪禍，雖說蔓延十年，卻是斷斷續續的，不是每年如此。

「……我以前沒想過，氣候也影響用兵。其實何止是氣候？還跟鄰國政治經濟等等息息相關……」李瑞邊思考邊說。

「不行。」阿史那蠻橫的拒絕，「那不歸妳管。妳想被皇帝砍頭我管不著，但我的主子蠢到自己洗乾淨脖子等人砍，我沒面子。絕對不行。」

李瑞沒有說話。

「這次和北蠻子做買賣，妳已經是拎著腦袋幹了。只此一次，以後妳想都別想，我也不會幫妳。是皇帝不知道，皇帝知道了呢？妳想死，我親自宰了妳，痛苦還比較少，也不會牽累別人。」

蹦的一聲，李瑞仰面躺下，沉重而煩悶的嘆了口氣。

太被動了。她什麼都不能幹，只能眼睜睜的拿士兵和學員的性命去補漏。不禁有些心灰意冷。乾脆不管好了，其實真的也不關她的事情。

但那些死去邊軍的眼睛，她忘不掉。

本來他們可以不用死的……最少不用死那麼多。那是多少閨中夢裡人，年老爹娘倚門而望的人子。

她疲倦的用雙手掩住臉。

「……我看斥候小隊有些鬆懈了。娘的，天天在家裡養肉。」阿史那淡淡的說，「雖然咱們是斥候不是細作，但也該學點手段。我想撥個小隊混到商隊裡，順便記錄個風土民情和氣候……妳看怎樣？」

李瑞緩緩的睜大眼睛。嘴巴說不管，結果阿史那還是幫她的嘛。

「那就麻煩你了，阿史那教官。」李瑞難得的柔聲，雖然吼壞的嗓子還是沙啞。

阿史那冷哼了一聲，卻沒注意到自己的眼尾唇角有了些微笑意。

＊　＊　＊

長慶七年冬，李瑞忙得連頭都抬不起來，根本沒力氣關心朝廷的事情。

然而大燕朝可說是剛動完一次全身性的大手術，歷經兩代女帝的籌謀，翼帝還是皇太女時就將自己年方十四的女兒，律宇公主慕容馥推到台前吸引砲火。轄治刑部的慕容馥，用一種極高的姿態顯現皇室的決心，誓將盤桓三百餘年的吏治和稅賦問題一舉解決。

為了這個大手術，翼帝才會急躁的違背了鳳帝「緩圖之」的遺命，而是毅然決然讓楚王換防裁軍精簡，節省下龐大軍費，雷霆一擊，以「官領吏、吏監官」，徹底的釜底抽薪，整治官吏風氣從基層抓起，大大提高吏的重要性。

鳳帝時代大幅加入女吏和寒門士子的功效終於爆發，翼帝更大刀闊斧的瓦解文官抱成一團、錯根糾纏的關係，讓官與吏互相對立而互相監視，大幅削減官員的薪餉，卻提升吏的地位和待遇。

並破除了吏不可為高官的慣例，拜了一個頗有賢名的老吏為諸相之一，掌管戶部。不只如此，以「天下為天下人所有」、「民為貴，社稷次之，君為輕」為口號，以畝課稅，連天子私產都不得逃脫，原本就被長期壓抑的世家豪族更沒有藉口拒絕。

有那個膽拒絕丈量土地抗稅的宗室豪門，也讓風疾厲行的翼帝調動禁軍毫不留情的剷平。原本跋扈的刺頭兒，早在律宇公主的手底栽了大半，剩下的噤若寒蟬，也沒敢開口了。

但翼帝此舉卻獲得極大民心。一時之間，各地匪患漸趨緩和，佔天下大多數的農民感恩戴德，鼓勵工商又讓商賈匠戶額手稱慶。

這個時空的大燕還沒啥與士大夫共天下的慣例，寒門士子被豪門世家壓得抬不起頭來，現在終於去了這塊大石，豈不欣喜若狂？

鳳帝畢生籌劃，終於在翼帝手底開花結果。敏於內政的翼帝終於爆發出強大的能量，迎來了史稱「長慶盛世」的開端。

其實，翼帝雖然多疑，但工於心計，頗有治世之能，堪稱算無遺策。只可惜，視野還是窄了點，不如她老媽有著恢弘的大局觀，不然也可稱聲賢君。

但世事總不是四則運算，一加一一定等於二。她預料了會有十幾年的和平，才高歌猛進的大肆改革內政。但她卻沒想到，老天爺會跟她開這樣惡劣的玩笑。

起碼這個時候的翼帝，包括大燕所有沉浸在富足和平的百姓官吏，都不知道。

此時的李瑞，也還不曉得。

入冬後，她就忙個焦頭爛額，抱著腦袋燒。

首先，是她冬季開課的賢良教院，來了一群青年新生。讓她張目結舌的是，她原本收的學生本是針對熟練斥候，友軍偷塞中下階層的軍官，她也睜隻眼閉隻眼……

但是這些領統一州或一路的將軍跑來做啥啊？

當她看到安北轄制，人稱威將軍的樊和也在隊列裡，她真的快要昏倒了。

「……威將軍，為什麼你也在這兒？」她真的嚇到。威將軍年紀剛好而三十二，他十三在戰場初試啼音的時候，李瑞還梳著牛角辮，奶聲奶氣的隨先生開蒙讀書哪！

樊和身長七尺，相貌威猛，滿臉于思，一身擰得出汁的戾氣。現在卻規規矩矩的站在新生隊列裡，讓隊伍的身高突出一大塊，一臉諂笑，「回教官的話……」他壓低聲音，「咱派出來上課的小夥子講課講得不清不楚……學生自己來聽算了。」

……敢情前輩你偷師不過癮，乾脆來了啊？

「可你們……」這麼多青年將領濟濟一堂……萬一六屯讓北蠻子踏平了，大燕新生代的將領真讓人一鍋端了！

「嘿嘿，」樊和一臉不在乎，「北蠻子那兒我差人盯著呢……誤不了事。這種鬼天敢出來打仗？不用老子的刀，老天就收了他們！」

怎麼辦？這些將領都足額交了學費，和捐了一個冬天的糧食和火炭。很窮的李教官，只好仰著脖子強嚥下去了。

但這個「多事之冬」，卻不只是這群慕名而來的青年將領。

這些年六屯富庶，但飽暖思淫欲，開始有人作怪了。

十來個出嫁的哀軍，拖兒帶女的回來復職了。原因都差不多，丈夫口袋有了幾個錢，買了小妾，家翻宅亂，這些自傲品潔的退伍哀軍不屑爭寵，破門回賢良屯了。

李瑞臉色也陰沉下來。

當初賢良屯的屯民出嫁，婚書都是統一格式的。上面就特別註明匹夫匹婦，不得納妾別歡。

這倒不是她那宛如天外來人的娘的潛移默化，而是因為李瑞啟蒙先生的影響。李瑞的啟蒙老師是個非常古板的儒家子弟。她會成為道德魔人，除了母親的身教，其實這位啟蒙先生也得佔極大的部分。

先生姓曾，名遠字思之。他是個極為古老的儒門一派，非常強調五倫。這派儒生認為庶子穢亂血緣，乃是生父其身不修、惑於人欲的敗德，認為嫡子才是正統。「庶於家則亂祠，於宮室則邦危。」

所以這派儒生不置妾侍，就算有了，也絕不使生子。

可惜這派學說太抵觸男人的利益，沒有成為主流。但是這個古板的曾先生卻把這種非主流的倫理道德一股腦的灌輸給自己最得意的學生。

照男人的觀點來看，可說是危害一方。

最少那些老婆跑掉的男人是這樣想的。

仗著李教官從未做過威福，真有人敢挺著腰子對她嚷著要人。

阿史那看著這些吵吵鬧鬧的人，淡淡的瞥了一眼李瑞，又瞄著那些死到臨頭的混球，眼神上上下下的測量著頸動脈的位置。

李瑞雖然生氣，但也沒想宰了這群混帳。她淡淡的開口，「違背婚書暫且就不談，我且問你，養家活口是不是男人的責任？」

吵得最歡的那男人吼了，「她嫁給我以後，我是少她一口吃的還是穿的？……」

「你們捫著良心問問，種那幾十畝田，頂多混個奉養父母、妻兒溫飽是不？」李瑞語氣更淡，「多攢下來的錢哪來的？不是你們家娘子早起睡晚，在屯裡幾乎縫瞎眼睛才積下的？」

她臉色更沉，「你拿老婆的賣命錢納小妾？你真是男人？我聽說太監娶妻納妾還是自個兒出銀子養活，莫非你們都不如太監？」

這些男人灰頭土臉，灰溜溜的逃了。結果賢良屯又多了些回流的和離婦人，有些論婚嫁的女子，還不嫁了。氣得那些跟她們議婚的倒楣未婚夫跑去跟那些害群之馬理論，引起幾樁鬥毆事件。

這些也就夠她操心了，誰知道阿史那也湊了熱鬧……雖然不能怪他。

阿史那並不帥……從大燕的審美觀來說，長得還挺古怪的，輪廓太深，絡腮鬍子。可六屯區附近的屯民從最初的排斥、厭惡，然後到畏懼，最終敬重，也花了幾年的功夫。

但他蜂腰狼背，顯得修長結實，體格是一等一的棒。又有股懶洋洋的邪氣，跟在李瑞身後，出入州城應酬文武，也跟百官混了個眼熟。

連他都想不起來，什麼時候教訓過調戲知府千金的混混，但人家就把他擺在心底了。

某天半夜，阿史那緊繃著臉，闖進李瑞的房間，差點讓睡得迷迷糊糊的李瑞穿了一劍透心涼。

「……我房裡有女人。」好在他有心理準備，險之又險的避開，只劃破了胸口的兩層衣服。他咬牙切齒，「香味很昂貴，不是普通人用得起的。」

被嚇醒的李瑞和他一起抱著胳臂深思，這會是誰設的美人局……可就沒頭緒。

最後李瑞帶著一票女兵去查房，赫然看到梨花帶淚的知府千金，口口聲聲要李瑞作主，非阿史那不嫁。

「你……」李瑞有些尷尬的看著臉黑得幾乎滴出墨汁的阿史那。

「我今天還沒回房過。」他凌厲的瞪了李瑞一眼。

打仗呢，這些人都是把好手。但應付一個逃婚著夜奔來投靠的千金小姐，他們整個束手無策。

最後還是阿史那當機立斷，「小姐心意，某心領了。」他淡淡的橫了眼嬌滴滴的知府千金，「可某已有心上人。」

「誰？是誰？」知府千金哭得更厲害，「你一定是糊弄我的！你是不是怕我爹不答應？不會的！只要、只要……」

阿史那開始不耐煩了，隨手一指，「是她。」

李瑞先是一愣，悄悄的往旁邊挪了兩步，但是阿史那的指頭居然隨著她移轉。靠北，這是千夫所指，欲加之罪，何患無辭啊！

阿史那簡陋的宿舍，顯得安靜，非常安靜。保證掉根針也聽得見。

「她？」知府千金都忘了哭，嘴巴張得老大，「……燕侯君？可她、她……她根本不像女人！」

好麼。又得到一次同樣的評價。女人做到這地步真不是悲哀而已。

「某就喜歡這款的。」阿史那冷冷的說，瞥了瞥李瑞胸口，「……就是小了點。」

李瑞嚴肅的臉孔抽搐了兩下，一再的跟自己說，相忍為國。最少飽受打擊的知府千金哭著狂奔而出，李瑞身後的女兵藉口護送，跑了個乾乾淨淨。

惡狠狠的瞪了阿史那一眼，可他一臉平靜，還帶了點可惡的笑。

她想撂下兩句狠話，可不知道該說啥。想揍他兩拳，又覺得事急從權，最少計退知府千金不是？

最後，她決定沉默是金，立刻鳴金敗退。

等她回自己房間，發現背上都是冷汗，比打北蠻子還緊張多了。這是修為不足啊，她感嘆。

於是我們很有古人風範的李教官，正襟危坐的磨墨，很用心的練起書法了。足足默了一夜的《論語》。

只是她不曉得，這個多事之冬，還沒有徹底的過去……

剛直正肅可比聖人的燕侯君，終於打破多年來的形象，效京城貴女公主的面首之風，傳出緋聞了！

但比貴女公主更勁爆的是，她的入幕之賓……居然是個被髮左衽的胡兒！之前只以為是侍衛，沒想到早就超越主僕關係，上升到一整個桃色紛飛的境界了……

李瑞的臉綠了，隱隱有發青的態勢。

尤其是巴結著來作軍中生意的大商家，送了幾起絕色胡兒（男的）給她，更讓她額角的青筋不斷跳動，非常克制才沒令人推出屯外問斬個乾淨。

她盡量的保持理智，異常客氣的謝絕，一個人也沒收——畢竟糧食不便宜，看那些絕色除了吃白食，大約也別想他們能幹其他事兒——並且堅決的否認她有收面首的嗜好。

但是流言並沒有因此扭轉，反而「專寵」之名甚囂塵上，一堆想走門路的跑去巴結阿史那，雖然都碰了釘子，還是讓李瑞氣了個不輕。

「你真把我害死了！」李瑞從牙縫裡幾出這個字，生吃阿史那的心都有了。她雖然對聲譽貞節不甚在意，但也沒時髦到打算跟公主貴女們看齊，更不想惹來這麼多麻煩和被人莫須有的指指點點！

「什麼藉口不能用，為什麼把我拖下水！」她罕有的發怒。

阿史那倒是氣定神閒，淡淡的瞥了她一眼，「這是好事，妳有什麼好氣？」看到李瑞的臉色由青轉白，他莫名的有種痛快感——總算不是只有他被坑，燕人說的因果循環、報應不爽還真有那麼點影子——心懷大暢的阿史那，終於和氣的解釋了，「我問妳，你們家女皇帝不怎麼喜歡妳是吧？」

李瑞愣了一下，默默無語。

「其實她也不是針對妳，只是你們一家子都是文官，聽說都還是要害職位。妳爹好像還管著很大一片肥地，妳娘還是慕容宗室，對吧？而妳呢，偏偏是帶兵的。妳不要跟我講，妳就帶個六屯，講白些，燕雲年輕一輩的將領，都要算妳的學生。

妳想想啊，你們一家顯赫到文武雙全，儼然是你們燕人講的世家了，我還聽說你們歷代皇帝最討厭的就是世家……如果都是文官也就算了，但妳握著刀把子啊！可妳卻跟個白癡聖人一樣，不愛錢、不愛名，什麼都不喜歡，哪個皇帝喜歡這種名聲比她高潔的臣子，還是個帶兵的。我抹黑妳這把，妳還得謝謝我哪……你們燕人講的那個啥……自污？反正妳我都知道是怎麼回事，不如將計就計，自污一把。」

李瑞不由得苦笑了一下，雙肩頹了下來。

阿史那雖然知道得不多，但推論得很正確。她的父親外放多年，若無意外，這任作滿，應該就要入京為官，很有機會入三省六部，甚至儕身諸相之中。她的大哥李玉已是兵部知事郎，離尚書只有一步。二哥李璃早從太女侍講，升為奉詔郎，當皇帝的祕書去了。

翼帝對李家又愛又恨。愛的是，父子三人皆為幹才，李家根基淺薄，所賴只有皇恩，使起來得心應手。恨的是，燕侯君雖然姓李，骨子裡卻是慕容家的女兒，文韜武略，偏偏聲名傳遍燕雲，新生代將領皆為其徒，讓她特別不喜並且戒備。

她的兩個哥哥都曾經委婉的跟她講過，不要克己太甚，要學著自污，才能讓人君放心。她那不著調的老爹倒是不用學，就污得讓她娘得勒著轡頭才不真的惹禍。大哥還得加加減減收點孝敬回扣，二哥乾脆的沉迷士人不屑的商道，總給自己多少弄出些污點。

可有潔癖的李瑞，真不喜歡這樣。

「帝王心術……為臣之難……」李瑞苦笑連連，「是我錯怪你了，還得謝謝你。」

她這麼誠懇，反而讓阿史那好不鬱悶。你說這人是怎麼回事？別個的早糾纏不清的蠻不講理了，那才叫女人。三省吾身是酸秀才該作的，不是眼前這個笨蛋女人。

更讓他不是滋味的是，他居然覺得這樣的李瑞讓人心底酸酸軟軟的。

嘖，她就不該頹著肩。她可是燕侯君，雖是虛銜，也是一方諸侯啊。

「其實妳也不用謝。」阿史那在沉默了好大一會兒後，終於開口了，「全天下我不敢說，單論燕雲，能上妳的床心底不打顫還能行的，恐怕也只有我一個。其他的人……

沒那個分量，更沒那個膽。」

李瑞緩緩張大眼睛，瞪著阿史那。然後……咱們李教官奪門而逃了。

扳回一城的感覺真不錯。阿史那心滿意足的想。

連續好幾天，阿史那的心情一整個豔陽高照，好得不得了。

阿史那會在校院紮根，可以說是李教官計謀百出的使勁挖坑才得了他一個盡忠竭力。但效命歸效命，阿史那並不是不悶不怒的。雖然說這起緋聞論理不痛不癢，但能讓泰然淡定的李教官窘得奪門而逃，可謂之從來沒有過的「大捷」。

但註定的多事之冬，卻沒有讓他多高興幾天，才進臘月，日日都是大雪紛飛，不到十日就災情頻傳，許多民居被積雪壓垮，六屯的衛星村落也災難連連。但想賑災都很困難，騎馬出去都半埋馬身辛苦跋涉於雪地，人行更是幾乎要沒頂。

再也顧不得逗李瑞，阿史那匆匆忙忙的外出偵查，李瑞埋頭救災。一直到除夕，阿史那才疲憊的回來。

大雪已經停了，不再冷得那麼厲害。沒返家過年的學員集合在一起熱鬧的圍爐，卻沒看到李瑞。

二十幾天都在雪中跋涉，他覺得自己都發出餿味了。說起來，都是讓李瑞慣的。她這個人的潔癖是從裡到外，完全沒得救。校院就有公共浴室，強迫每個學員最少三天要洗一次澡，五天要洗一次頭。

公共浴室極大，分男浴女浴。連怎麼洗都有規定……在大浴池外沖洗乾淨了，才能進去大浴池浸泡。熱水每天晚上供應兩個時辰，用的是石炭（煤）。在這方面，向來節儉的接近吝嗇的李瑞，倒是敗家得令人怵目驚心。

但泡浴池，真的會上癮。每到飯後，幾乎人人都抱著衣服往公共浴池衝，連他都被慣得極壞。

像現在，他回到校院，第一件事情不是吃飯，而是趁著水還是熱的時候，趕緊去洗掉累積二十幾天的旅塵和疲憊。

等泡個痛快又打理清爽了，他才去廚房摸了一大碗的餃子，施施然的去找二十多天沒見的李瑞。

過年的時候，她從來不列席，怕拘了學員和下屬的興致。果然，她待在自己房間裡的炕上，正在埋頭寫字。只穿了一身窄袖直綴，頭髮半乾不濕的拖在背後。這麼冷的天，窗戶還開了半扇。

唔，冷倒是不怕，就怕氣悶。這種性子，是哪裡是能拘束的。

燭光閃爍，將她玉白的臉龐染上薄薄的暈色，臉上兩痕刺青像是蜿蜒的青火。咬著脣，專心一致的書寫。阿史那沒有驚動她，倚在門簾邊，靜靜的吃著餃子。

「回來了？」等李瑞停筆，她好脾氣的微笑，「雪深不？」

「雪實了，沒臘初那麼鬆軟，反倒好走多了。」阿史那回答，瞥了眼她桌上堆著的那堆亂七八糟，他濃眉一皺，「幽冀雪災較深，北蠻那邊反倒好些。天時是朝廷的事情，這天下姓慕容又不姓李，妳巴巴的去上什麼奏摺？誰關心呢？」

李瑞依舊苦笑，「……天時不對勁。我問過老農，跟幾十年前大雪災的前兆相彷彿……我該盡邊臣的責任。」

「皇帝領情嗎？」阿史那冷哼，「被宰相扣下還是運氣好，皇帝看了才是給妳自己招災。你們燕人一堆彎彎繞繞，能加的罪名多的很，還怕加不到妳頭上？」

她笑了起來，「是啊，苦幹實幹，撤職查辦。」

阿史那還想了一下才懂，跟著笑，「說法倒新鮮……知道還上什麼鬼奏摺？」

李瑞但笑不語，輕撫著墨跡方乾的奏摺，好一會兒，才輕輕的說，「阿史那，我放你自由，幫你掛個良民籍吧？」

他沉下了臉，瞳孔黑幽幽的，「……良民籍？」

「良民可耕種經商，身分自由，官府也肯發路引。」李瑞頓了頓，「我知道你是突厥勇士，一諾千金。我只求你不要給北蠻子賣命，其他你可自便。」

阿史那瞇細了眼睛，「……出了什麼事？」

李瑞深深吸了口氣，「梁恆……我前夫，留任樞密府。他和不久前回京的何進是總角之交……他們倆聯合起來參了我一本。」

她笑容轉苦澀，「說我跋扈挾軍自重，把校院當成自家私兵，隨意調用學生……聽說，皇帝沒想治我的罪，但是校院大約要廢除了……」

「反正自斷手腳的皇帝，她不是第一個，也不會是最後一個。」阿史那臉一板，「但我不當蠢物的『良民』。比起那個蠢皇帝，我寧願給妳當奴隸。」

但他這話，卻把李瑞說哭了，讓他大驚失色，慌得手足無措。

「不干你事……」李瑞擺了擺手，抽了條巾帕摀住臉，「這校院一磚一瓦……幾年基業……我心底……難受……」

阿史那和李瑞相識好些年，浴血馳援、鬥嘴逞舌，不管怎麼樣的艱困，也不曾看她哭過。她堅毅到已經讓阿史那常常忘記她是女人。

現在，這個堅若磐石的燕侯君，六屯軍庶仰若父母，門生遍撒邊關諸軍的李教官，現在卻哭得一整個梨花帶雨，好不可憐。

殺人放哨陣前殺得陣後謀士、精通數國語言的黑鵰阿史那，偏偏就沒修到哄女人這門艱深課程，更何況對象還是卓爾不凡的大燕女侯爵。乾巴巴的勸了兩句，發現一點用處也沒有，束手無策的他，奔往酒窖，硬是搶了幾大罈酒跑回李瑞的居處，小心翼翼的關門閉戶，因為那位前無古人、後無來者的李教官還在漫淚巾幗帕。

雖然不會哄女人，但阿史那想得很明白。六屯如此犀利鋒銳，團結無間，是因為有堅毅的李教官燕侯大人當著脊梁骨。讓人知道李教官大放悲聲，這可是動搖軍心。

一開始，阿史那想得很簡單，他不會哄人，酒卻最能哄人。灌到趴下睡死，天亮只會宿醉，也就忘了要失態了。

沒料到的是，外表文弱秀氣的李瑞，酒量跟他這個胡兒黑鵖居然不相上下，酒品還很不好，越喝越哭，倒把他自己的國仇家恨、身世飄零也勾了上來，堂堂七尺突厥好漢子，也喝紅了眼眶。

最後真沒搞清楚是他先抱著李瑞安慰，還是李瑞滾到他懷裡哭，也沒搞清楚是誰先動手，醉得稀裡嘩啦卻沒醉到趴下，卻糊裡糊塗的互相把對方給辦了……

等天亮被鞭炮聲驚醒，兩個人面面相覷的大驚失色，李瑞的嘴唇都白了，阿史那的手僵在李瑞渾圓的屁股上……兩個人身上除了蓋了床被子，連根紗都沒沾，真正的「袓裎相見」。

「不知道相互僵了多久，李瑞清了清嗓子，沙啞的說，「對不住……是我酒後失德……」

阿史那的臉色大變，羞惱、氣憤、貪戀、受挫……等等情緒糾結成一團，最後一言不發的起身，撿起扔得到處都是的衣服，慢吞吞的穿好，摔了門就走了。

拎起自己被撕成布條的中衣，李瑞心底說不出什麼滋味，有點哭笑不得，有點懊惱。但凡說酒後亂性的人淨是鬼扯淡，真醉到不行又怎麼能行啥事？醉是大醉，但她心底還是有那麼點清醒……

最壞的是，她沒有抗拒，只是阿史那急了點。

可怎麼辦呢？都把對方給辦了，以後倚仗他的地方還多，要怎麼相處……這是個難題。

但她從殺人滅口到兩忘江湖都整個想過一遍，還是沒有結論。最後她只能悶悶的翻出娘親遠從江南捎來的避子湯，自己看著爐火熬藥。

當初收到時還啼笑皆非，沒想到還真派上用場……她那娘親真是高瞻遠矚。李瑞悶悶的想著。

這兩個可憐的、酒後失身卡自然、酒醒面對非常囧的當事人，對待問題的態度很一致——能躲則躲、能避則避。

阿史那乾脆的單人匹馬又往境外巡邏了，李瑞更乾脆的在牧場鏟了兩天雪。

李瑞捫心自問，這到底是酒精造成的一時衝動，還是禮教之外、情理之內……鏟了兩天雪差點把自己凍死，卻呈現無解狀態……唯一能確定的是，她居然有點慶幸，幸好失足的對象是阿史那，過程雖然記得不太多，總體來說還甚是美妙。

若是別人……她還真不得不承認阿史那頗有遠見，全燕雲她唯一看得上眼的，居然是這個突厥蠻子。

但這也不是能把人酒後辦掉的理由。

越想越煩躁，加上校院裁撤在即，她更是傷心鬱悶兼暴躁。翻了翻她歷年的休沐日，累假甚多，她乾脆往幽州知軍府遞交假條，但因為幽州知軍府沒有權力批准（賢良六屯與知軍府同級），所以往兵部遞假條……結果日理萬機的翼帝居然親自過問，一傢伙批了半年假，還用八百里加急送來賢良屯。

這下子李瑞真的傷心了。

皇帝巴不得把她踢出幽州一陣子，趁機把校院毫無阻礙的撤了呢。

這是第一次，李瑞真正的對翼帝失望，也是頭回完全的心灰意冷。加上「酒後失德」事件，阿史那跑了個無影無蹤，更是雪上加霜。她表面平靜的交代了六屯軍政，只說思親，想去江南一趟，一個人也沒帶，就獨自踏上旅程。

江南好，風景舊曾諳。
日出江花紅勝火，春來江水綠如藍。
能不憶江南。

雖然這個歷史歧途的大燕朝沒有白居易，但也不妨礙李瑞有類似的觀感。可惜江南很美麗，她的心情卻太不美麗，浪費大好春光。

《憶江南・白居易》

她正月末動身，到蘇州的時候，已經是春光燦爛了。到知府後衙叩門，門子不認識她，客氣的請她稍等，遣人去報，她就呆呆的站在後門看著迎春花鬧滿沿階。

結果她不講規矩的娘，竟不遣人來接，而是親自跑到後門了。一見到娘親眼角的細紋，向來從容淡定、堅毅果敢的燕侯君，臉龐走珠兒似的掉眼淚，所有壓抑的委屈一口氣都湧了上來，哭得像個小孩子。

「……離了娘跟前，妳就是個最老成的。怎麼一回到娘身邊，就一副長不大的樣子？」她的娘親慕容燦無奈又寵溺的把她拉了進去，拿著手帕幫她擦眼淚。

好不容易止了淚，李瑞委屈的低聲，「皇帝要裁校院。我請假，她八百里加急給了半年……我想她巴不得我乾脆不幹了。」

「怎麼？連皇上都不叫了？」慕容燦沒好氣的瞪她一眼，「妳這死心眼的孩子……」

「娘，賢良屯是我的歸宿。」她啞聲，「校院是我畢生心血……好不容易課程歸整到有系統、有條理了，可是皇帝一句話就……」

「妳才幾歲，什麼畢生心血？」慕容燦賞了她個爆栗，然後嘆氣，「沒辦法，這時代君權天授……妳考不考慮退伍？」

「我不。」李瑞倔起來，「我個人是沒什麼，但賢良六屯落到皇帝手裡，絕不會有什麼好。再說……那是娘打下來的基礎，是姊妹唯一的依靠。皇帝也不能拿我怎麼樣……我戰功在那裡，她也得顧慮擎伯伯……」

她這個牛脾氣的女兒，開始對帝王有怨了。這不好，很不好。慕容燦默默的想。

「其實妳也多少體諒她一點。」慕容燦開解，「她有個千古一帝的傑出老媽，又有個號稱『天子之劍』的傑出老哥。妳想像不出當初奪嫡多慘烈……鳳帝為后時，連連死了三個太子，一直到鳳帝登基，還是用太子死太多，『東宮不祥』這名頭才讓她『暫居』東宮，從她被立為皇太女就沒有一天安生日子，二十幾年的皇太女生涯不是好捱的……

朝裡的文武，天天都想把她趕下台。阿擎有一半胡人血統，那班文武都不嫌了，不止一次想說服鳳帝改立太子，也不知道多少人跑去蠱惑阿擎，當中多少齷齪和挑撥離間，就不提了……是妳那鳳姑奶奶自信賢明，妳擎伯伯堅毅忠誠，這才捱過那些風風雨雨……可翼帝，終究不是一直大權在握的鳳帝，而是被眾臣打壓、鬥了二十幾年心眼兒，被明刺暗殺許多次，好不容易才上位的女帝……」

低頭了一會兒，李瑞嘟囔，「這些我都知道……可我體諒她，她又不會體諒我。」

慕容燦拍她腦袋，「死腦筋。其實她再好對付也不過了，妳記住『陽奉陰違』四個字，就能把她吃得死死的。她要撤校院，那就讓她撤吧，難道她還會特特的派人去拆房子？斷無可能。校院師資場地空著也是空著，教六屯的屯兵嘛，哪有人不准自家練兵的？但妳那些老師教授養一年卻只用一冬，可惜了不是？其他季節讓他們去拜訪『故友』嘛，至於誰去拜訪老師聽講兵法，關妳什麼事情？……」

李瑞緩緩睜大眼睛，瞪著她那風韻猶存的娘親。再一次的，她深刻懷疑，她的娘到底是什麼來歷……

至於她娘說的，是她娘親那學究天人的奶娘所教……李瑞七歲就嗤之以鼻了，完全是騙小孩……慕容燦的奶娘只養到她五歲就因病去世了，這還是舅舅親口證實的。

但李瑞也知道，問也問不出來……她娘最強的一點就是離題千萬里，而且還擅長先下手為強。等被她繞得暈頭轉向，扯到完全忘記原始問題，直到想起來，都不知道是幾天以後了。

相反的，李瑞有什麼想瞞她的娘親，根本就接近不可能的任務。

這可不，回來才三天，就被貌似閒聊的娘親套出避子湯效用如何，「酒後失德」事件就這麼曝光了。

「我就說嘛，校院被裁而已，哪至於這樣心神不寧、失魂落魄。」她娘親老神在在的喝茶，「女兒啊，一輩子還那麼長，禁欲過度會導致身心失調，百病叢生啊，妳還這麼年輕……交個男朋友又沒什麼……」

「……娘，這種丟臉的事情妳能不能別這樣正大光明的談……」李瑞摀住自己的臉。

「這有什麼？只要對方不是公共廁所，妳也沒打算當公共廁所……匹夫匹婦，有什麼關係……」

「娘！」

「妳反應這麼激烈，莫非對方已經成親？」慕容燦大驚。

「沒有！」

「那又有什麼不對？男未婚女未嫁的，別鬧出人命……我是說別鬧出小孩就好。不然我寄給妳避子湯寄好玩的喔？……」

「娘！那只是意外、意外！我們都喝醉了，所以才……」

慕容燦冷笑兩聲，「我的女兒我不知道？妳要不是願意，就是爛醉如泥也抹了人家脖子……妳抹了嗎？」

難得面紅耳赤的李瑞，坐立難安了半晌，才小小聲的說，「……是我錯。」

李瑞一直覺得，她終生沒怕過誰，包括皇帝。但她唯一的天敵，就是自己的娘親。雖然說她對男女情事想得非常明白，但她終究還是大燕朝土生土長的女子，對這種無媒苟合還是不怎麼能說服自己。

但她的娘親，卻完全不是那麼回事，徹徹底底的貫徹了慕容貴女的剽悍和開放……幸好娘親是個道德魔人，不然她那軟弱的小白爹爹大概擋不住這股面首流行。

她也招架不住娘親的逼供，完完全全的招了來龍去脈。

可她娘親的反應卻非常奇怪，激動異常，「……阿史那？突厥可汗阿史那？天哪天哪……突厥貴族阿史那欽！可沒有唐太宗，龐大的突厥帝國還是轟然倒塌……時也命也運也……」

「唐太宗？」

慕容燦擺手，「不重要……重要的是，中國沒男人了嗎？為什麼我的女兒得外銷？」她非常不滿。

……外銷？李瑞的嘴角抽搐了兩下。「那個，我覺得大燕最好的男人就是大哥和二哥，」她謹慎的選擇了一個不至於被炮轟的答案，「可惜他們都是我哥哥。」

這個答案大約取悅了她的娘親，慕容燦一臉傲色，「那是。我的兒女可都是燕朝數一數二的尖尖兒……別想這樣就能免受嚴刑拷打，妳跟那個阿史那是怎麼打算？妳可喜歡他？婚姻這回事還是慎重點，婚前還是先試車到滿意比較好，酒醉失身雖然比較自然，清醒的時候還是……」

李瑞落荒而逃了。

不過讓她暗暗鬆口氣的是，之後娘親就沒再找她拷問了，一家三口難得的過起甜蜜家居生活，她那中年依舊妖孽的老爹看到女兒樂顛顛的，蹺班好幾天，還被她娘罵了，才心不甘情不願的當他的知府大人而不是兒奴。

這就是她娘親。非常囂張跋扈（對家人而言），但有節有度，絕對不會超越底線。慕容夫人自言，自己關在內宅已經太苦，所以將兒女各自放飛，極度豁達，卻又極愛他們。

同樣的，李瑞最心煩意亂的時候，想到的也是回來讓娘親欺負教訓一番，然後才能靜下心好好的整理自己的心情。

她喜歡阿史那麼？

坦白說，她不清楚何謂「喜歡」。她嫁給梁恆，好感是有，更多的是權宜。但梁恆提親之前，她幾乎沒有想念過梁恆。嫁給他以後，或許有過一點喜歡，但是冷卻得太快了，她仔細省思，覺得那點子眷念，更多的是初嘗情欲滋味的緣故。

所以她放棄得很乾脆，因為實在不划算。

但現在，覺得阿史那不在身邊，怪怪的，空空的。或許是因為太習慣？

即使如此，她還是決定北歸之後，不管阿史那要不要，就準備讓他入良民籍，放他走了。

畢竟這個「意外」，破壞了她和阿史那的友好關係。她也不喜歡因為自己單方面的情感和錯誤，束縛了阿史那。

反正她有半年的假期。什麼樣的尷尬和悸動，經過這半年，也都該淡了。畢竟她也有自己的驕傲，不屑強求來的任何人事物。

一旦想清楚，李瑞露出微笑，覺得很滿意……她勝了自己一場。

但她實在高興得太早。

當她進入花廳，看到娘親一臉詭笑的招呼客氣卻面籠寒霜的阿史那時……她有再次奪門而逃的衝動。

可她全身緊繃，進入全面備戰狀態時……阿史那卻出人意料之外的向慕容燦謙恭的示意，他有重要公事要上稟「燕侯君」，而且是重大軍事。

知府夫人慕容燦聞弦音而知雅意，立刻從善如流的撤出所有使女和僕從，並且把花廳嚴格的看守起來，不准人接近。

如果不是面上帶著詭異異常的笑容和滿臉的看熱鬧，倒也符合一個知書達禮的知府夫人形象。

啞然片刻，李瑞只能端身坐下，捧著一碗茶撥茶沫。

阿史那卻沒開口，只是用令人毛骨悚然的眼神打量李瑞。只見她在家閑居，穿了件白直綴，外面穿著青色外掛，羅襪淺履，腰束錦帶，儼然儒雅士子，令人望之忘俗……卻不是繁複美麗的女裝。

李瑞度過了最初的心虛氣沮，也展現了千軍萬馬不變其顏的戰將本色，泰然的回望阿史那。她的屯兵都嚴格要求不能蓄長鬚……長度不能長到讓北蠻子一把攢住自曝弱點。雖然沒這樣要求教官，但年輕些的教官都還願意遵從，阿史那也不例外。

只是他毛髮茂密，上午修臉，下午就能冒鬍鬚根，所以也都一直維持著絡腮鬍，只是沒事就自己拿著匕首修鬍子。

現在他也是滿臉于思，眼睛底下有著淡淡的青影，看起來應該一路疾行，沒有休息好。但他登門來訪之前，應該先打理過自己，髻髮還是半濕的。

兩軍對峙，氣氛異常緊張。

終究還是阿史那先開口，「這次來，有兩件事。第一件……」他聲音轉低沉，「北蠻諸部藉助大薩滿和一班漢降官之力，統一在即。首酋自命大可汗，學燕人改制建元了，國號為韓。」

李瑞瞳孔一閃，手底的茶盅出現一線裂痕。

阿史那羞憤而走，本來是想在關外冷靜幾天，想想清楚怎麼處理這樁「意外」，卻沒想到撞到一個小部族在雪災方息的時刻，奉長生天（草原奉拜的神祇）和大可汗之命，前往稱臣納貢。

他覺得事有蹊蹺，悄悄的躡尾跟蹤，卻越探越驚。待要證實，卻遭遇昔日同僚的黑鴟隊反追擊，他費盡千辛萬苦才擺脫返回關內，所以耽擱了些時間。

可讓他七竅冒煙的是，他好不容易九死一生的回到賢良屯，李瑞居然拔腿就跑，而且還請了半年假。

坦白講，他很想把這女人吊起來打。平常極爽利的一個人，遇到事情就只會退縮逃跑……不戰而潰，太不是東西了！

更讓他生氣的是，這女人平時沒少提家人，但官職屬地都語焉不詳。只知道她去探親……是探哪門子親，到底是京城的兩個哥哥還是江南……要知道這是一南一北！更糟糕的是，江南好幾個州縣，鬼才知道是哪一個，畢竟他都沒去過！

所以怒火中燒的突厥黑鴟，稍嫌粗暴的蓋了幾個幽州文官的布袋……連幽州知府都沒有倖免，黑鴟的逼供手法也不是玩兒的……所以他快馬加鞭，換馬不換人的奔往蘇州，跟李瑞只差了十天腳程。

但到了蘇州，他反而躊躇起來，沒有滿身風塵的打上知府後衙，反而尋了間客棧住下，先休整了幾日，籌劃了又籌劃，探查了又探查，才有些生疏僵硬的上門投帖拜訪……而且拜訪的是家主。

這大白天的，李家名義上的家主知府大人當然是上班去了，而李家真正的家主、第一大Boss慕容氏李夫人，聽說邊關來人，一看拜帖名具「阿史那雲」，眼睛賊亮，當然立刻延入花廳，以上賓待之，並且迅速召來毫不知情的李瑞。

其實北蠻建國一統，也就讓阿史那最初驚了那麼一下子，很快就淡然了——這江山既不姓李也不姓阿史那，該頭疼的是京裡那個老太婆。可他們這個憂國憂民快憂出病的李教官，聽了這個消息，絕對不會轉身潰逃，也會把什麼尷尬丟扔到九霄雲外。

果然，李瑞擰緊秀眉，認認真真的聽阿史那報告，臉上除了憂色，其他啥都沒有。

其實大燕對外交的政策非常粗糙輕忽，這倒不是翼帝所獨有的現象，而是從上到下，包括文官武將，都是相同的態度。大燕歷朝三百餘年了，天邦上國的自信深入君民之心。

對外的態度非常堅定：犯大燕者，雖遠必誅！沒有妥協、沒有和親，只有一個字，打！

除了鳳帝在位的時候比較重視，用二桃殺三士之類的計謀激化北蠻子原本的衝突外，歷代帝王的外交只有屬國稱臣納貢，叛逆發兵征討，就乏善可陳了。外交都如此貧乏了，情報更是想都不必想。如果北蠻沒有通知，國土龐大、情報遲緩的大燕，恐怕知道北蠻建國稱帝的事情，不知道是三冬五年後了。

更何況，大燕現在正在經歷整飭內政的全身性大手術，邊關無大事就好，誰去注意那些茹毛飲血的野蠻人沐猴而冠？

當然，有遠見的人不是沒有，邊關將領就有一批，特別是李瑞。但在日益重文輕武的朝廷，他們幾乎沒有發言權……誰讓他們天高皇帝遠。

李瑞知道這有多嚴重。北蠻子諸多部族，實行的是部帳推舉制，當然首酋通常都落在人口最多，實力最堅強的大部落手底。但這不是世襲制，而且爭奪首酋也內耗了北蠻一些實力。但是北蠻子有個好處，就是內鬥不管多麼厲害，一旦要向外征戰，都會把什麼世仇全放下，一致對外……這是一個連李瑞都佩服的優點。

不過北蠻的政軍制度都很粗陋，上令不暢，下情不達，這才是楚王能夠數年經營聚而殲之的主因，可惜只是重創，沒能竟全功。

可是現在，北蠻建國了，即將統一了。這幾年天時有異，沒讓北蠻子互相攻擊掠奪，反而團結起來，建立制度了……

這絕對不是什麼好消息！

「妳不要想著上奏摺警告朝廷。」阿史那涼涼的說，「朝廷自有探子監視邊疆，他們家的探子不知道，妳又從何得知？朝廷信不信還是兩說，若是信了妳那才是大事……我雖然不是很清楚你們燕人的鬼怪伎倆，我倒是知道某任的邊疆知府就因為『通敵北蠻、刺探朝廷』落了個滿門抄斬。」

李瑞悶悶的回答，「……我心裡有數了。」

「那就好。」阿史那點點頭，「第二件事，妳說過要放我自由，那還算不算數？」

李瑞不知道為什麼，心底猛然揪疼，好一會兒沒緩過氣來。但她終究是屍山血海殺出來的燕侯君，所以死死按住內心猛冒出來的疼痛酸楚，點了點頭，「自然算數。」她喚人出了筆墨，當場寫了放奴書，並且準備修書給幽州知府掛個良民籍。

但阿史那收了放奴書，卻搖了搖頭，「我不入民籍，妳讓我在賢良屯掛個號就行。」

李瑞不解的看著他。要了放奴書，不是準備遠走高飛麼？掛在賢良屯算什麼事兒？

「賢良屯是軍籍。」她提醒。

「廢話。校院沒了，我還是教官不是？不能掛校院了，當然掛在賢良屯。」

李瑞愣愣的看了他一會兒，很坦白的說，「我不懂你的意思。」

要來自由又不走，將來怎麼相處面對？

「我要是個自由人，才能做我要做的事情。」阿史那揚了揚放奴書，「之前我在北蠻沒有娶親……因為我是奴隸。」他嘲諷的笑了笑，「奴隸娶的新娘，初夜屬於主人。這個，我忍不下。」

忍得住當奴隸，卻忍不下自己的妻被辱。

「那麼，你是想娶親了？」李瑞讓他繞得有點糊塗。

但阿史那臉紅了。皮膚晒得這樣黑，居然透得出來。他咳嗽了一聲，「娶不娶得到還不知道……但也不重要。」他僵硬的將一只折成方勝的紙，推給李瑞，「給妳的。」

李瑞展開來看，臉上的表情隨著閱讀次數越發古怪。

阿史那讀書不多，就她知道的，就是一部《論語》。然後就是田野唱詩他聽熟了耳朵，偶爾會哼兩句詩經，對於詩詞歌賦，他是抱持著蔑視的態度，因為一點用處也沒有。

他的漢字也寫得不大好，大小不一，唯一的優點就是看得明白。

而且，這是她第二次收到相同的詩。

「今夕何夕兮，搴舟中流；

今日何日兮，得與王子同舟。

蒙羞被好兮，不訾詬恥。

心幾煩而不絕兮，得知王子。

山有木兮木有枝，心悅君兮君不知。」

特別是「心悅君兮君不知」這句，寫得特別端正，還仔細描粗了。

第一次收到這首詩，是個娘娘腔的斷袖郡王，這一次，卻是滿臉于思、驕傲粗暴的突厥黑鷁。

隨著李瑞臉色的千變萬化，阿史那的心情也越來越緊張。這首詩是蓋布袋蓋來的……他拷問幽州文官的時候，躊躇了很久，才兇惡的提了這個匪夷所思的要求，讓那個嚇得尿褲子的文官默首表白用的情詩，那文官默了一堆，他都不中意，只有這首入了眼。

其實，整首詩他也不是全懂，但是最後一句他是明白了，一拍大腿，切題！說幹就幹，一到蘇州他就浪費了許多紙，這還是寫得最工整的，沒辦法，許多字都很難寫。

只是李瑞的態度讓他拿不準……為什麼一臉哭笑不得？他真是越來越忐忑，比陣前廝殺還懸念。

「好吧，我知道你的意思了。」李瑞終於笑了出來，「可我……『心悅君兮君可知』？」

阿史那想了一會兒才恍然大悟，鬆了一大口氣，嘴角彎了起來，卻還是死撐著傲然道，「嗯，我也知道了。」

但事後的發展卻讓慕容燦非常失望。這兩個廝殺漢根本沒有花前月下的戀愛覺悟，而是用一種簡易軍事會議的態度商量了後續，非常公事公辦的跟她報告。

她真的很想撬開這兩個死孩子的腦袋，看是不是少了根名為「戀愛」的弦。

簡單說，他們倆要成親了，但不打算操辦，準備隱瞞起來。若不是李瑞還有點燕朝女子的覺悟，搞不好連娘親都不會知道。

阿史那國亡家破，又忍辱負重的當了多年奴隸，早把他還是突厥皇族時的那一點禮儀概念消磨了個乾淨，在他看來，成親就是兩個人的事情，溝通好就行，婚書簽一簽，完事。

雖然說李瑞這樣一個乾脆的人也認同他的看法，但終究覺得即使三媒六聘用不著，還是得稟告父母一聲。

至於為何隱瞞……一個燕朝女侯爵，封的還是國號，另一個卻是剛剛放奴的突厥黑鴟，用膝蓋想也知道皇帝會有什麼反應。反正流言都傳得亂七八糟，從北而南，當然沒放過京城……阿史那說他不在乎，那她也就不在意了。

慕容燦啞然片刻，打賞了她女兒一個白眼，「那懷孕了咱辦？」

「不還有避子湯嗎？」李瑞很自然的說，「北蠻子都建國了，邊關還不知道要打多少大仗……暫時不考慮生孩子。阿史那也覺得這些年不是生孩子的好年頭。」

「……你們這是自由戀愛嗎？靠……」慕容燦沒好氣的嘀咕著，瞪著這兩個完全沒有覺悟，一臉嚴肅宛如陣前會軍的兩教官。

終究慕容燦還是同意了，甚至要他們別去稟告那個超級不靠譜的李知府。理由無他，她那小白渣受的丈夫，嘴巴天生少門閂，幾杯酒就滿嘴胡柴，第一個可能洩密的就是他。

所以可憐的李父容錚，從頭到尾都不知道女兒再嫁，稀裡糊塗的吃了一頓酒席，莫名其妙的受了女兒和那突厥漢子的磕頭，只覺得女兒和她的同事未免太多禮……很久很久以後，才知道他一文聘金都沒收到，一個磕頭就把女兒給嫁了。

但在酒席之前，慕容燦還是為了她的女兒女婿辦了一個簡單的婚禮。

沒有紅蓋頭，沒有鞭炮，沒有花轎。事實上，慕容燦要他們倆穿套正式點的服裝，結果兩個人不約而同的披甲上陣，讓她哭笑不得。

但她還是很盡心的，對著這兩個人，主持了不該出現在大燕朝的婚禮。

硬在女兒手裡塞了一大把花，然後牽著女兒的手，交給阿史那。非常慎重的詢問，在場者是否有反對這場婚禮的人。

阿史那和李瑞滿頭黑線，在場的只有三個人，畢竟是祕密婚禮……會有誰反對啊？

「天上的父啊，請見證這樁婚禮。」慕容燦非常嚴肅的說，「李瑞，妳願意與阿史那雲患難與共，疾病相扶持，不離不棄，直到死亡見證為止嗎？」

「……是。」滿頭霧水的李瑞呆了一會兒，才擠出一個字。

「不對，妳要說『我願意』！」慕容燦虎視，不只李瑞，連阿史那都幅度極小的冷顫了一下。

「……我願意。」她乖順的從善如流。

「阿史那雲，你願意與李瑞患難與共，疾病相扶持，不離不棄，直到死亡見證為止嗎？」

阿史那是個學習能力很強的人，他非常痛快的說，「我願意。」

「以天父之名，我宣佈你們成為夫婦，願你們白首相攜，永不離心。」慕容燦嘆了口氣，「簽婚書吧。」

在他們倆認真的簽字畫押的時候，慕容燦在心底又嘆了口氣。

這次她沒再要求阿史那永不納妾，對女兒永遠忠誠。誓言，實在太不可靠。但她對自己的女兒有信心，她的女兒，是她僅知的唯一一個，能夠傲然跨越情感這個女子生死大關的倖存者。

「恭喜你們……也恭喜我。」慕容燦熱淚盈眶。

阿史那很燕人的拱手，「同喜同喜。」

但他這樣不著調的瀟灑，卻讓他的丈母娘慕容燦哈哈大笑，把什麼感傷都一掃而空。

事後阿史那對李瑞說，「你娘，非常了不起。」眼中有著真誠的佩服。連他這突厥蠻子都覺得他們倆的想法太過驚世駭俗，沒想到丈母娘接受得那麼快。

李瑞笑了，「那是。」她絮絮的談起她這個奇特的娘，賢良屯的前身紡織坊，對父親的一切輔助，和用心教導了她和兩個哥哥的點點滴滴。

她臉上罕見的柔情，讓阿史那的心也跟著柔軟起來。那一晚的洞房花燭夜，成為阿史那苦難半生裡，最鮮豔美麗的一筆。

當李瑞倦極趴在阿史那赤裸的胸膛睡熟時，他想著。這只是第一筆鮮豔，但不會是最後一筆。終究他會和李瑞在一起，一筆一筆的繪出最美麗的未來……一直到，死亡見證為止。

他很有信心，李瑞一定也這麼想。

慕容燦一直以為，她的穿越，在這個歷史歧途的大燕朝激不起任何浪花。畢竟她最初穿越過來時，鳳帝還是皇后，這時代對女人（特別是世家女）的束縛非常嚴厲。

她前世雖然是女教官，在這大燕朝黑暗的後宅裡，還是只能謹小慎微的生存下去，毫無辦法的嫁給一個小白渣受的妖孽紈褲弟子。

曾經，她以為，能夠改造這個小白渣受就是她畢生最大的成就了，但她沒有想到，她有三個非常優秀的兒女，不但繼承了她前世的能耐，還能發揚光大……特別是她的小女兒。

今天，她親手把她嫁了，用簡化到不能再簡化的天主教婚禮……就算不是教徒，每個女孩總是有個美麗的夢想，希望能穿著白紗在神父的見證下結婚。

但夢想和現實總是有差距。這兩個人居然都披甲上陣……但還不失為一個很棒的婚禮。

對她的兒女們，尤其是她的小女兒，她感到非常驕傲。

她穿越這一回，不是毫無痕跡。極有可能激起巨大的浪潮，甚至是海嘯，雖然不該，但她很期待，非常熱切的期待。

＊　＊　＊

阿史那和李瑞，在蘇州消磨了短短的一段時光……他那特別的丈母娘稱之為「蜜月」，堅持他們非去玩上一段時間不可，而且悍然拒絕李瑞提議的家族春遊，只把他們倆趕出門。

江南春色正好，但這兩個一輩子除了打仗和教打仗的教官，饒有興味的蜜月旅行，除了晚上的春宵外，其他的時候，還是三句不離本行。

「江南人太懶散了，個個慢悠悠……這兵源很差啊。」阿史那觀察了幾天，搖搖頭，「招來一定都是少爺兵，北蠻子一個衝鋒就垮光光。」

「尺有所短，寸有所長。」李瑞分析，「江南少有戰禍，百姓比較富足，當然少了點銳氣，多幾分狡詐……但是江南水道多，善水者也多。若是要建水師，江南這邊的兵源就比燕雲合適多了。」

阿史那不以為然，李瑞笑笑，帶他去搭了船，這個英勇無雙的突厥黑鵰，上船沒多久吐得稀哩嘩啦，非常可憐。

不得不說，李瑞著實有些腹黑，特別喜歡用實踐來證明真理，事前還絕不打招呼。不過真理既然證實了，她也就打算請梢公把船靠岸，只是吐得直喘氣的阿史那卻拒絕了。

「……為什麼妳不會吐？」阿史那很有探究真理的精神。

「我小時候搭過船。」李瑞坦白，「搭回宛城，路途可是很長的。一開始也是吐得要死，後來習慣就沒事了……你不要一直盯著水面，暈得更厲害，看遠一點……唔，前面那座山就不錯，別去想『吐』這回事……那山好像有處桃花林……還真的是！你仔細瞧瞧，美得很……」

黑鷂就是黑鷂，不愧是北蠻軍裡頭的精英斥候，何況阿史那又比一般黑鷂更厲害得多。連暈船這種事兒都克服得很快，照他的話就是「吐啊吐啊的就習慣了」。

雖然他堅持了下來，但也不得不承認李瑞說得有道理。建水師還是用江南人的好，兵源無所謂好與壞，而是該用在什麼地方。

後來他們還跑去看錢塘潮，兩個人都是第一次看到海，興奮得不得了。後來打聽到蘇州那邊有海港，正當倭國遣使入燕，他們倆跑去看熱鬧。兩個都是士兵出身，很容易的搭上了蘇州水師駐守的線，駐守一問之下，唷，居然是揚威關外的燕侯……什麼？還是李知府千金?!失敬失敬……

於是他們倆被邀上海船，這回連李瑞都吐了幾回才穩定下來，阿史那更不用提了……

雖然只是水師操練，小小的在港外兜了那麼一圈，但這兩個人很快就跟水師將士混熟了，即使海陸不同，但都是幹廝殺生涯的，他們對水師好奇，水師也對塞外的弓馬羨慕，雙方有良好的互動和交流。

之後他們倆暢談蜜月的感想：雖然水師非常新奇，但還是鞍馬弓刀比較適合他們。江南雖好，百花撩亂，但他們都開始想念樸素卻廣闊的桐花六屯了。

但是慕容燦聽了他們的蜜月簡報卻扶額不語良久，有氣無力的問他們倒吊起來能不能蒸餾出一丁點兒的浪漫。

阿史那雖然聽不太懂丈母娘的意思，不過因為李瑞之前已經教育過了，所以很聰明的沒有詢問，這個時候，只要微笑就好了。

畢竟，在李家，不管是牧守一方的蘇州知府，還是天子近臣的奉詔郎，或者是兵部二號頭子的經歷郎……甚至是已經封侯的燕侯君，在慕容氏李知府夫人的面前，通通矮上不只半截，說是李家說一不二的「鳳帝」，也絕不為過。

向來桀驁的阿史那都讓這個外表恭儉溫讓的丈母娘的強大氣場，一整個鎮壓住了。威名震遍邊關的哀軍，事實上是始建於慕容夫人手裡……李瑞的武藝，小半出於楚王，可大半出於他那神奇的丈母娘……包括簡單無比卻犀利異常的刺槍術！

在這麼剽悍的丈母娘面前，他真的非常老實，把所有的驕傲都先收起來，異常誠懇的喊「娘」。因為把丈母娘哄開心了，往往可以學到一些古怪卻非常實用的練兵之法，自用送禮兩相宜……傻子才跟她硬頂。

只是，驚喜交集之餘，他也納悶，這個聽說生於深閨，長於後宅之內，卻如此知兵的丈母娘，到底是個什麼來歷……

就是因為非常尊敬丈母娘，所以路過京城探望兩個舅兄時，他的脾氣也都收斂起來。

兩個舅兄都接到母親的信了，情緒出乎意料之外的穩定。他不知道，這兩個極品妹控的哥哥，一生最痛悔的就是不能娶自己妹子，只能寄望妹夫的照顧……望嫁之心，比他們那從容淡定的妹子要強烈無數倍。

他們的要求已經低到李瑞願嫁，對方是男性，活的，可以照顧妹子一輩子，其他都能夠包容了。

一見到妹夫，他們先把李瑞哄出門，然後二舅哥扮黑臉，大舅哥扮白臉，鉅細靡遺的先審問一遍，連祖宗十八代都盤問了。

大致上來說，兩個舅兄還算滿意——比他們原始要求高出許多了——同為教官？不錯不錯，朝夕相處，才照顧得到妹子；前突厥皇族？好極好極，不辱沒他們已然封侯的妹子，而且沒打算當鼻涕蟲等著妹子蔭補；當過奴隸？沒啥沒啥，男人要能忍辱負重，這不讓妹子放奴了嗎？

至於是個外國人……經過梁恆那混帳的教訓，他們深切的領悟到「無親無故」的好處，身為慕容燦的兒子，這點子開闊胸襟絕對有的。

只是扮白臉的大舅哥，出乎阿史那意料之外的，取出一份和離書，請他簽名。

阿史那真是一整個怒髮衝冠，但是基於對丈母娘的尊敬，他還是按捺住脾氣，對著大舅哥說，「……我絕不出妻。」

「不是讓你出妻，」大舅哥和藹的說，「和離書要我妹子也簽字是不？我們呢，也不敢期待你永不納妾，可我們家的女人都痛恨後宅爭鬥，坦白說，我也不來這套……我那老弟也是。」

他笑得有點淒涼，「只是呢，萬一……我是說萬一，你有了別人，我那高傲的妹子絕不會留你也不會留下。這和離書是擱在她手裡的，給她一點心安，也讓我們兩個哥哥放心……」

「你若不想簽也成……」比女人長得還好看的二舅哥拉長了臉，威脅還沒說完，阿史那就打斷了他的話。

「我簽。」他不甚端正的在和離書上簽了字。兩個舅哥瞪大眼睛瞧著他，阿史那泰然一笑，「路遙知馬力，李瑞大約一輩子都用不著這張和離書。」

他這話說得，讓兩個舅哥都紅了眼眶。不容易啊，妹子孤獨這麼多年，總算有個不狼心狗肺又讓她看得上眼的男子漢了。不管將來如何，這氣魄就夠讓他們放一半心了。娘不也常講，「好的開始是成功的一半」麼？現在就成功一半了！

後來李瑞拿到和離書，又聽到兩個妹控哥哥拉著她哭著說經過，表情不是感動，而是一臉不可思議。

之後她偷偷問阿史那，真沒想到驕傲的突厥黑鵰會這麼乖順……她還以為阿史那會一把撕成碎片，抓著她憤然離去呢。

「一張破紙，讓舅哥們能放心，又沒啥。」阿史那連眼皮都沒抬，「你們燕人就是彎彎拐拐多，直接告訴我，不喜歡我納妾就好了，還拿張破紙威脅……真要毀誓，簽一千張破紙也沒用。」

「你不會。」李瑞異常肯定的回答。連當奴隸都沒毀誓私逃，婚約更不在話下。

「……嗯。」阿史那笑了，「也就妳知道我罷了。」

＊　＊　＊

長慶八年春末，李瑞祕密再嫁，仲夏回返賢良屯的途中，前往京城拜訪兩個哥哥，只停留了幾天，就返回幽州。

但是她回到幽州不久，初秋時卻收到一個驚人的消息。

她的大哥李玉，左遷兵部器械司主事，一口氣從三品降到六品；二哥李瑞也遭到罷點，從天子近臣的奉詔郎乾脆的降為剛開公主府的七公主長史。

也就是說，她的兩個哥哥都從朝廷中心被驅趕到權力邊緣地帶。但至於為什麼，她的兩個哥哥來信都輕描淡寫的報平安，而且嚴厲要她少管閒事。

李瑞知道一定跟她脫不了關係，但實在茫然不知道到底有什麼關係。

直到斥侯們喬裝去京城裡打聽，才知道事情的始末——無非只是非常倒楣的池魚之殃。

在李瑞跑去江南結婚兼度蜜月時，朝廷發生了一件重大事件。

世代鎮守雲南、手握幾萬大軍的沐氏，誅殺了幾撥朝廷派去的稅吏。而形同質子（人質）在京為官的沐大人，好死不死剛好就是戶部掌理雲貴一帶的事務郎，雖然寫信回去譴責子姪，但也上下打點，設法把這幾樁命案給壓下來，沒往上送。

等翼帝從旁的管道知道這件事情，勃然大怒，立刻將沐大人往刑部一送，從嚴懲處。沒想到沐大人這麼一坐牢，沐氏乾脆的反了，準備割據一方自立為王。

這當然是火上加油，對事態一點幫助也沒有。原本還想高舉輕放的翼帝，被觸動了逆鱗，本來準備秋後處決的沐大人，聖上親口改判斬立決，而且傳首九邊。特別八百里加急送了份聖旨給正在跟回紇打得你死我活的楚王，要他立刻出兵平叛。

楚王接旨以後，也沒派多，就派了五千鐵甲騎。雖說沐氏在雲南當了好幾代的土皇帝，號稱十萬大軍，但號稱是怎麼回事，大夥兒都曉得……可實實在在的也有個三四萬，雲南地形複雜，不利騎兵，本來沐氏還跳得挺歡的，覺得就算「天子之劍」也拿他們沒辦法……

誰知道，急行軍的蜀軍疲師卻是正宗狼虎之軍，沐家軍跟他們比起來，簡直是溫柔賢慧的小綿羊……幾萬頭小綿羊給虎狼之師帶來的麻煩就是……砍起來手挺疲的。而且小綿羊的頭頭還挺蠢，被個圍點打援引蛇出洞，結果人家虎狼之師乾脆搞了個斬首行動，讓高興沒幾天的雲南王丟了腦袋，沐家軍齊棄甲，這樁轟轟烈烈的殺吏叛逆案沒幾個月就這麼虎頭蛇尾的結束了。

其實翼帝會這麼光火，實在是性質之惡劣，情節之嚴重，簡直是給她多年的努力抹黑。

翼帝就內政是非常高明的。一直到清朝雍正才提出的「按畝課稅、官紳一體納糧」，她就天資穎慧的提早了上千年堂堂上市。這個點子是她獨力提出來，然後才說服鳳帝。

可以說，跟她「千古一帝」的帝母，和「天子之劍」的皇兄比起來，「重視吏治、改革合理稅賦」，才是她獨有的專精和特色，很有資格在歷史上博得一個賢君之名。

大燕傳承三百餘年，已經病入膏肓。豐鳳兩帝的強勢作為才讓這個日薄西山的帝國有中興氣象，翼帝還是皇太女的時候就一直很心急——國家稅賦年年減少，人口卻年年增加，土地兼併極烈，幾乎都集中在官宦土霸手裡，上下勾結欺瞞，於朝廷敗壞稅政，而失去土地的平民百姓窮困潦倒，稍有天災，只能鋌而走險，群起民變。

於是朝廷就得糜費軍資去平叛，而根子還是爛在擁有廣大土地卻可勾結刁吏貪官、逃避賦稅的豪門……於是朝廷財政日益窘迫，這個惡性循環卻永無可解。

就是心急，才會還是皇太女時，就把自己的女兒慕容馥推到刑部硬撬起爛得最徹底的朝廷大臣，就是心急，所以才沒按照鳳帝的遺囑「緩圖之」，甫上任就把皇兄楚王調往蜀中，大裁邊軍，除了她個人一點點小小的多疑，也是因為朝廷的底子已經太薄，她實在很憂懼了。

她會說服鳳帝扶持鼓勵寒門士子，甚至不避婦人，提升吏的考核教育和升遷，就是為了替新法預先鋪路……大燕絕對不能再從基層爛起了！

但是丈量全國土地，從這些官宦土豪身上榨出油來，實在不是一件容易的事情。這個帝國太龐大，訊息太緩慢，她能殺雞儆猴，可惜潑猴太多，幾乎佔去她大半的心力……

雲南沐氏卻妄想支手遮天，悍然挑戰朝廷的公權力！當了那麼多代的土皇帝，擁有了小半個雲南的土地，按畝課稅而已，居然不肯吐出一丁半點，還殺她的稅吏！

要不是王夫非常苦勸，翼帝真打算誅他個九族……最好天下姓沐的通通砍了腦袋！就是翼帝憤怒、狂怒、震怒了，所以遷怒到朝廷百官身上，尤其是家裡文武都在做官的，都被她惡狠狠的申斥警告過……文武勾結，其禍更烈！她的小心眼完全被激發出來，看每個文武百官都像是跟她作對的樣子。

天子一怒，血流漂杵。

幸好坐在皇位上的是個女帝，脾氣發得很大，卻沒砍多少腦袋——沐氏一族捧著沐大人的腦袋，都流放瓊州（海南島）了——不過那段時間，百官真的夾緊尾巴，不想觸皇帝的霉頭……就怕王夫沒勸住，女帝很生氣，到時候要死誰、死多少……誰也不知道。

本來這些跟李瑞屁事也不關，翼帝這頓雷霆霹靂的申斥，也沒落到李家。在公事上，翼帝還是很理智的。

她是對李瑞有著小小的忌妒——天天對她囉哩巴嗦參這勸那的那票言官煩死人也，沒事幹就拿六屯治績來刺激她，把燕侯只差沒誇出一朵花來——但她對李家那兩個幹臣真的愛護有加，要不是年紀太輕，她早弄來中樞了……沒辦法，長慶八年這時候，李玉剛剛好三十，李璃才二十九。

但也因為年紀輕，所以是她為皇太女準備的宰相。她還打算讓他們在京留個幾年熬資歷，差不多就放出去牧守一方，一、兩任後回來，也差不多能輔佐皇太女開始學著歷政……

可帝王心術，臣子揣摩不到呀！兵部尚書有著濃重的危機感……這人刻薄寡恩，人緣很差，一點軍事也不曉，只純粹熬資歷熬上來的……熬足三十年，他都六十了。跟人如其名，溫謙又有才能、知曉軍事人緣甚佳的李玉比起來，那簡直是太讓人羨慕忌妒恨了。

李璃更讓中樞幾個宰相有重大威脅感。風流倜儻，俊逸宛如謫仙，偏偏詩詞歌賦樣樣精通，策論國議樣樣來得，簡直是才貌雙全的極品才子。翼帝隱約的透露過要讓他往中樞發展，是這票老宰相死活堵住了，不然大燕恐怕要出個不滿三十的副相甚至是宰相了。

偏偏這兩個位居要害的兄弟，毫無少年驕奢之氣，非常圓滑，絲毫把柄都抓不到，完全是當官的一品材料……連串連言官，言官都搔首許久，不知道怎麼下筆。

但在這風聲鶴唳的當口，李瑞大剌剌的來訪兩個兄長……讓這些苦無把柄的權臣們眼睛一亮……

於是，老權臣VS.少年幹臣，老權臣大串連，劈頭蓋腦的一陣彈劾奏章雨，霹哩啪啦的下在翼帝的龍案上……

邊將驕奢，勾結親屬京官！罔視皇權，進京居然沒遞表覲見，可見圖謀不軌！

翼帝那個怒啊……真是怒到雷霆閃爍。卻不是怒在李家，而是這群排擠人還手段這麼低劣的官宦！太不是東西了，以後出去不要說跟我混的……

但是她定心一想，又冒了冷汗。為君難啊為君難。這兩個孩子怎麼不多個十歲、八歲的……她也在檢討，是不是對這兩個未來國之骨幹恩寵太烈，反而招忌了。

仔細思量一夜，正左右為難，李家兩兄弟齊齊上表自罪。

看起來，應該是出自李璃的構思，李玉的增潤。奏章寫得花團錦簇，情真意切，大意是說，李瑞請假回鄉省親，母親思念兒子，所以讓妹子託帶了衣服鞋履，全怪他們兄弟顧忌太多，不敢洩朝中議，才讓一無所知、還在放假的李瑞進京送衣，導致這場風波。君憂臣辱，他們兄弟不管什麼罪名都是應當的。

翼帝那個感嘆啊。哎呀，你們兄弟為什麼這樣年輕……瞧瞧這個水準，卻得熬個十幾二十年資歷，最後只能給皇太女使了……

自從翼帝發過大火，怒斥文武勾結，這票文臣就真的沒跟武官來往了……即使是家裡僕從。這說明什麼？說明這票混帳行子「洩朝中議」，李家兄弟卻謹慎得不敢跟家人說這個。

這才是跟朕混的人啊。不聲不響倒打一耙，還遞了台階給皇帝下……這水準真是雲泥之別。

於是翼帝下了兩道聖旨，雷霆萬鈞、劈頭蓋腦的把這兩兄弟痛罵了一頓，罵得好像馬上要砍頭了……筆鋒又輕輕一轉，念在以前幹得勤勉，就降官吧。李玉呢，以前就搞研究武器，現在繼續去研發吧。李璃呢，既然一直都在翰林院，七公主打算編纂歷代史呢，就去當公主長史吧。

高舉輕放，讓許多大臣傻眼。

這兩兄弟相偕來謝恩，非常誠懇，隱約委婉的感激皇上保全，讓他們兩兄弟雪藏保留有用之身。翼帝也覺得很欣慰，彼此會心，很是君臣相得了一番。

接到斥候們費心寫就的報告書，李瑞啞然了好大一會兒，才遞給阿史那看。阿史那邊看邊笑，「你們燕朝的皇帝大官，是不是吃飽太撐，鬥心眼兒消食？」

「我娘以前說過，『為君難為臣不易』。」李瑞嘆氣，「果然太不易了，我就幹不來。」

雖然有「為臣不易」的覺悟，李瑞還是被迫很不容易的間接替翼帝收拾部分爛攤子。

原本她和阿史那仔細從頭到尾推敲了一遍，品咂出點兒翼帝表面震怒、實則保全的滋味兒，打算從善如流的進入雪藏階段……讀書人就是麻煩，什麼彎彎拐拐不直講，都講究什麼「會心」、「隱喻」，跟他們打交道，非得吃個幾瓶天王補心丹不可。

「七公主長史，」李瑞皺緊眉頭，「這個由頭，不怎麼妙。」

阿史那已經把皇家幾個皇子皇女都搞清楚了……不得不說，他是個優秀到可以潛入各大國當間者的黑鴟。李瑞這麼沒頭沒腦的一說，他只想了一會兒，「咦？莫非皇帝對現在的皇太女不滿意？」

幾經討論，所謂真理越辯越明，加上她娘也曾經提過，她的兩個哥哥，是照宰相的規格培養的。

（本來她爹也差點讓鳳帝當儲備宰相培養……可惜天生小白是沒藥救的，踢去幽州總比去嶺南吃荔枝或往瓊州過漁獵生活好太多了。）

大哥的任命很容易理解，工欲善其事，必先利其器。欲攘外必先安內，翼帝雖然不懂軍事，這個道理還是懂的，只是眼下顧著內政大手術，管不到對外……但不是放棄，反而是讓大哥抓緊這一塊，大裁邊軍後反而充實中央禁軍，並且由六公主朝陽領軍……這是為了將來對邊關用兵的伏手。

但是二哥的任命就讓人不懂了。本來最有可能成為皇太女的，是文武雙全、曾執掌刑部，於翼帝有大功，昔日的律宇公主，現在的馥親王……可惜她墜馬跌斷了腿，與皇太女的名分失之交臂。

現在的皇太女是皇長女，坦白說，挑不出什麼毛病，卻也沒什麼突出的優點，標準守成之君。皇太女別的才能沒有，但愛才是出了名的。像李璃這種極品才子當然不會放過，皇太女還隨李璃上過一段時日的課，是為太女侍講。

但翼帝卻沒把李璃放去東宮，反而給最小的女兒當長史……這就很微妙了。

阿史那偏頭想了一會兒，「我記得翻過妳一本書，寫了個漢朝的故事，那個皇帝年紀小小就說要金屋藏嬌，妳有印象沒有？」

「漢武帝？」

「大概是吧……他本來叫個怪名兒，妳說是野豬的意思……不重要，反正他後來改叫劉徹。」頓了頓，阿史那神情凝重起來，「原本他老爹不只他一個兒子，也沒怎麼考處到要立他……那個很厲害的太后，還曾經差點廢掉都當了皇帝的劉徹，對不？」

「……你看的是哪本啊？」李瑞都囧了，這其實屬於稗官野史的部分比較多。

「妳也看過嘛。」阿史那不以為意，「我覺得，劉徹會變成漢武帝，搞到現在別國人都說中原是漢人……就是他地位不穩的時候，能審時慎度，極能隱忍，讓自己不顯山不顯水。」

李瑞啞然。離皇位應該最遠的七公主文濤，卻配了個預備宰相給她當長史。翼帝到底是因為距離最遠最安全，還是對皇太女太不滿意了，所以下了個伏筆？

「奪嫡……」她有些憂心忡忡，「是不是該勸二哥辭官？」

阿史那露出調侃的神情，「傻了個巴唧。妳哥和妳作官的才能，一個在天，一個在地。放心吧，我那二舅哥滑溜賽泥鰍，敢安然受下，一定有十足的把握……再說妳都想得到了，他恐怕八百年前就規劃完，哪能等到妳勸？」

雖然被笑，李瑞倒沒放在心上，「誰愛當官誰當去，反正我是幹不來的……」李家與皇室有親，她對幾個皇子皇女倒不是完全陌生，輕嘆了口氣。

「其實，最適合當下任皇帝的是馥親王。皇室中人，要多知兵真是奢求……但馥親王卻能熬苦巡邊關，知人善任，能放下身段，與軍民同苦樂，氣度恢弘……最重要的是，她是諸皇子中最了解跟捍衛『制度』的人……跟我娘的堅持和作為頗相類似。」

「七公主文才驚人，但太貪愛金銀了，狡猾狡猾低。讓她當國……」李瑞笑了起來，「大燕國大概會成了『慕容商行』，京城是總鋪，各州是分店……這到底好是不好，我倒不知道了。」

阿史那想像了一下，噗嗤了。

既然校院被撤，理論上李瑞應該清閒了……最少冬季清閒了，事實上卻非如此。但也不是校院在禁軍重生的緣故……對的，翼帝裁了賢良校院，另外在京城禁軍中成立了國武監，不但挖了校院的師資，連課程都大大的抄襲……卻沒再差遣李瑞，更不可能讓她有沾手國武監的機會。

讓李瑞忙得足不沾地的，卻跟翼帝的焦頭爛額有間接的關係。

撇開立場和相互的不喜，其實她們都為了相同的事情而煩惱不已。

翼帝的「按畝課稅、官紳一體納糧」，根源就是因為土地兼併過烈，要讓官宦土豪掂量掂量高額稅賦，停止兼併的行為。但這只是開始，後續的墾荒實邊、贖買土地的安民措施……卻暫時沒辦法騰出手執行。

所謂上有政策、下有對策，這些作威作福已久的官宦土豪被按畝課的高額稅賦放了血，有朝中貪臣和土皇帝沐氏的例子在前，敢怒不敢言，當然就鑽起空子，轉嫁到佃戶身上。

沉重的負擔讓佃戶幾乎活不下去，於是出現了奇景：富庶中原的百姓流荒到邊境去了！因為邊境的佃租便宜許多……

而幽州，在眾口宣傳下，成了流民最多的州縣……因為這裡有個愛民如子的燕侯君！

盛名之累，盛名之累啊……李瑞真是欲哭無淚。更淒慘的是，不是大燕在動內政大手術，北蠻子也正在設法脫胎換骨，從部落制走向封建社會……但過程不太順利。這幾年天時又不好，食物銳減，優先餓死的，當然是奴隸……

北蠻子的奴隸，成分很複雜，但從大燕劫掠過去的燕人百姓為大宗，次之的是北蠻子內部相互征戰的失敗者，再次之的才是西域那邊征服收刮的奴隸。

阿史那名為奴隸，事實上質子（突厥人質）的味道比較重，最少不曾餓過肚子……會成為黑鴟，是他自己的天分和勤奮所致。

但真正的奴隸卻不是那樣。乃是北蠻子最底層，幹著最累最粗重的活，備受侮辱笞打，卻在餓死邊緣掙扎的族群……不管你原本是什麼種族。

這麼糟糕的環境，通常會有兩種路子：一是以強凌弱，適者生存……二是互相扶持，相濡以沫。

第一條路子不消說，第二種路子卻讓奴隸間有了超越種族的樸素友情。當幽州收納善待逃人的消息如東風般，隨著商隊吹拂過草原，南逃的燕國奴隸，也捎帶上不同種族的友人，掙扎著往南逃往幽州……

於是，人口已經瀕臨過剩的幽州，尤其是桐花六屯，飽受南逃奴隸和中原流民的雪上加霜。

李瑞銷假回家的時候，面無表情的面對著吵吵鬧鬧的諸屯長，心情很是複雜。

部屬太能幹也煩惱啊煩惱……她休假半年，回來瞠目結舌。桐花六屯不但找不到一塊荒地，連牧場都開荒了……她那些寶貝馬兒和牲口，通通遷往幽州界碑外的三不管地帶——和北蠻子的中間緩衝區。

「……幽州這麼大！難道沒有地……」

「沒有。」總屯長繃緊了臉，「流民就像是春天的野草，安置一批又生一批，野火燒不盡，春風吹又生啊！新上任的幽州知府居然叫我們看著辦……他是民政官！好吧，看著辦……但是流民跟蝗蟲似的，連開荒都打破頭的搶……幽州真的擠不出荒地了，我總不能把牛馬放到樹林子去！」

「那派去採礦……」

「滿額了。連石子路都鋪到幽州城了。」

「織坊呢？鐵匠街呢？」

「全部都滿了！還滿到溢出來！」總屯長痛心疾首，「知府大人唯一給我們的幫助是……讓我們在州城裡開了三個大織坊！」

不得不說，李瑞的部屬真的很能幹。硬是把流民潮和南逃潮都安定下來……幽州所有的荒地盡數開墾，挖礦造路、紡布造衣的設法吸納所有閒置民力……連養了幾年苜蓿的牧場都發了出去。

但是還有大批閒置人口怎麼辦？屯軍民數量是有限的，也不能讓他們吃上國糧……但救濟是最糟糕的安置方式，他們很願意執行李瑞提出的以工代賑……但他們擠不出工了！

這才會出現在緩衝區的牧場，安置流民，並且輪流駐守……甚至，她們向李瑞提出詳盡的計畫書，規劃如何使用所有的閒置民力。

她和阿史那研究翼帝了幾天，又和諸屯長商議，最後硬著頭皮，給翼帝上了個「實邊策」報備一下。果然苦功沒有白費，翼帝很欣慰的照准……她還巴不得李瑞別想擴軍和校院這攤事，越不務正業越好。

於是，在長慶八年到長慶十一年間，桐花六屯帶著幽冀兩州，怒放出最燦爛輝煌的經濟活力。

這段時間剛好是北蠻子收縮實力，將部族大舉遷往靠近西域的征服區，好從容收穫糧食以備過冬——大燕畢竟太難啃了——而朝廷的精力都放在跟地方官紳土豪鬥智鬥勇中，也沒有力氣管到燕雲來。

翼帝聽聞的不是李瑞推廣棉麻，就是在冀州設紡織分廠，再不然就是陣容浩大的開闢商路……都開到西域去了！甚至只是想法，還沒力氣去辦的流民實邊，她都做了榜樣，讓燕雲各州紛紛仿效……

尤其是幽冀這兩個軍屯州，收的田賦商稅，居然能排在江南之後……要知道那可不是什麼膏腴之地！

翼帝那個欣慰啊……李家果然沒個廢柴（他家老爹不算……不太算），就算過分耿直的軍人李瑞，也能體會到她的意思，自我雪藏，更好的是，還能早一步為君解憂！這是可以留給下任皇帝的邊臣啊……

說起來，翼帝對自己的皇子女或許很心機很嚴厲、很敲打，但是對臣子們挺不錯的，毋庸置疑……只要別惹動她的疑心病就好了。

至於被翼帝內定為「儲備邊臣」的李瑞呢，只是奉行她娘的「陽奉陰違」，就真的無往不利了。

流民要實邊嘛，當然得把戶籍定下來，通通屬軍籍的屯民。屯民都屯到界碑外了，總要有自衛的能力……所以農閒的時候和屯軍一起練練兵也是理所當然的事情。至於什麼時候農閒，誰能農閒……皇帝不會細問，當然也是李瑞說了算。

以前桐花六屯的軍衣走的是燕雲州內，諸屯長就抱怨過被雁過拔毛，官吏都太難纏太貪婪，卻不能保證安全，總得派軍隊護送，一路耗費下來，成本大大的增加。

既然來投奔的百姓那麼多……當中諸多青壯，自家又養了那麼多的斥候……行，開商路吧。咱們不過境內了，直接走境外。怕打劫？千把人的商隊，還有正經哀軍押送，有種你就來，個個背弓帶刀，誰打劫誰還說不定呢。

既然開商路，路上總要護衛吧？護衛訓練一下總應該吧？只是皇帝不知道走商路的「護衛」，最高時抵達三千，還主動剿了幾處邊境馬賊，揍了幾個想打草穀的北蠻小部落……將「武裝商隊」的功能發揮到極致。

拜知識流通、倡議得酬軍功的風氣，從賢良屯為起點，漸漸擴散輻射到幽冀兩州，不管是農事還是紡織，都有驚人的成就。

選取良種以增進畝產等等措施，農業往精緻細耕大步前進，不但敷兩州使用，甚至有餘力外銷了。

紡織更是百花齊放，甚至產生了紗支最密，後代稱之為帆布的「福意織」（福意是發明人的名字），更因為研議了福意織的織布機，這個時代不應該出現的水力紡織機，也堂堂出世了……

紡織業的發達和農事的並重，促進了商業的發展，而商路更保護了成果。知識的暢通無阻，讓這些匠人織娘出身的工人，開始了實用科學的道路，從他們最熟悉的工作裡頭，燦爛出廣大的智慧果實。

然而，讓李瑞哭笑不得的是，之所以能夠將六屯腹地擴展到幽冀兩州，乃是因為，這兩州都換了新的知府，而且都是吟詩作對專精，卻垂拱黃老之術……簡單說，就是樂得什麼都不管，李瑞找他們商量時，一概點頭稱是……反正收益也有他們一份子。

坦白說，連李瑞都樂觀起來。一個國家強盛與否，都跟邊境息息相關。如果能夠充實邊境，將三不管的緩衝區成為國土，這種緩慢的擴張才是最堅實的屏障。若是邊境空虛，界碑根本就形同虛設，只會一步步的被侵蝕，幾場大仗就會喪土辱權。

現在看起來，大家幹得不錯。

本來，若是沒有意外，再給翼帝三年五載，讓動過大手術的大燕休息生養個幾年，實邊既然有成，糧草軍器完備，不管是北蠻捲土重來，還是大燕準備除掉這個心腹大患，都能夠遊刃有餘。

這麼一來，翼帝就能上承鳳帝，當得上一個中興之主。

但是，世事永遠都有意外。

長慶十年冬，原本局部性的寒害，居然證實了李瑞和阿史那的隱憂，成了降臨全北境的大雪災。其災之猛烈，幾乎追得上五十年前那次綿亙數年的災難。

李瑞緊急寫了奏摺，細論北蠻雪災和可能的叩關。但這份奏摺，一直壓在兵部尚書的手裡，翼帝從來沒有看見過。

大雪災是從秋末就開始的，一直到冬初範圍之大，為禍之烈，重災區的北蠻草原已經凍餓死不少牛羊了，老弱更是死亡甚多。這種惡劣天候，商隊自然是不出門的，但某些有遠見的部落，背著他們的大可汗，從嚴酷至極的雪地長途跋涉，悄悄的將毛皮拿去燕人手裡換糧食。

因為他們知道，大可汗和薩滿的話不能夠吃。凍死的牛羊馬匹，在冰天雪地裡能保持肉不腐壞，就算能撐到開春雪融，沒吃完的肉鐵定不能吃了。而損失了大批牲口，春天能放牧繁衍的馬匹牛羊銳減，更不能拿來當糧食。

恐怕眼前連春季都過不去，遑論以後的日子。

「收。只要有辦法到邊境的，所有的毛皮都收下來，反正價格應該會壓得很低。」沒收到翼帝的回音，反而聽聞了梁恆任華州知軍的消息，李瑞毅然決然的下了這個決定，「跟我們有生意往來的邊境商家都打個招呼，所有毛皮都吃下來，要換的糧食不夠，從六屯調用。」

主其事的商事屯長愕然的看向李瑞，「……可是，我們不需要那麼多毛皮。」

「倒手賣到京裡去。」李瑞很果決。

「教官！」商事屯長急了，「大量出貨會導致價格滑落得厲害……恐怕比我們換糧的價格還低！這明顯是虧損生意……」

「朱屯長，」李瑞的眼神哀傷卻堅定，「這是軍事，不是商事。」她低聲交代，「在皮毛輸往京城時，放出北蠻子遭遇巨大雪災的消息……往嚴重裡說去！妳也在斥候隊待過一陣子，我想妳能明白……」

朱屯長呆了一下，茫然的眼神轉驚駭，接著堅定起來，行了個標準的軍禮，「是！教官。我明白了……京裡的皇帝大官不理睬我們，但我們非逼他們理睬不可……」

李瑞欣慰的笑了笑，「妳趕緊交代下去辦，越快越好！手邊的雜事都先放一放。」

阿史那默默的看著她處理，等沒人了才開口道，「我們家鄉有句俗諺……『流言長著四對翅膀』。但妳確定，妳熬了幾夜寫的奏摺，還不如隨隨便便放出去的流言嗎？」

「皇帝一個字都不吭，卻莫名的換了華州知軍。這不像她的風格……不知道是在兵部還是中樞，我的奏摺被扣了……」

李瑞苦笑了一下，「華州有諸多關隘，尤其是雁回關……一直都是北蠻和大燕兵家必奪之地。把曾在楚王麾下的悍將換下來，讓個吃多年荔枝的梁恆上位……」她搖頭，「華州，連我都未必守得住，何況一個倉促上任，將不知兵、兵不知將的樣子貨……」

「我們也未必守不住華州……只是太遠。」阿史那不同意。

「幽州在燕雲最西，華州離我們可遠了。叩開雁回關，之後就是一馬平川，可以一直殺到黃河，和京城遙遙相對了。再說……」她苦笑，「我們還真沒打過大仗。最少是萬人以上的大仗……咱們都沒打過。」

阿史那默然。他是個出色的黑鴟，擅長偵查隱藏，搞暗殺突襲有一套，但戰場上卻被怕死的北蠻主子當成親兵。親臨數萬人的大仗……他的確沒有這種經驗。

「我懂了，他們這是搶功來著。」阿史那領悟過來，冷笑兩聲，「他們以為自己是誰？楚屠？」

商議了半天，事實上沒有更好的結論。這時代的燕雲十六州和另一個時空不太相同，規模大得多，沿著邊境，像是個巨大的楔子，從西而東，斜斜的插入北蠻和西域的交接處。

華州更是重中之重，楚王後來準備圍殲北蠻子主力時，就改駐守華州。之後他和順的改往蜀中開府建衙，只要求華州的知軍絕不能動。

現在，卻換了個吃慣荔枝的銀樣鑞鎗頭。

「現在，只能祈禱了。」李瑞憂心忡忡的說，「希望長了翅膀的流言，能讓京城哪個有風骨、有遠見的達官貴人知曉，讓皇帝心底有數吧……」

從某方面來說，李瑞的願望達成了。「流言」果然傳入馥親王的耳中，又有超過數量太過巨大的毛皮量輔証……聽說，安北知軍樊和與馥親王交情甚好，說不定也去求證了……

於是這個跛腿親王親自上陣，直達天聽了。

可是後續卻不太妙。正為新法收尾的翼帝，最不想聽到的就是邊關的壞消息，何況只是臆測……疑心病很重的翼帝對自己的兒女特別嚴厲，在朝的文官更直斥窮兵黷武，堅持只是蠻夷無食，規模很小的打草穀，打夠了，「賊當自去」，甚至建議朝廷對北蠻賑災，以德服人云云。最後馥親王倒是辯倒了當朝首相，但首相氣得厥過去，馥親王被罰站了一天一夜，飭令回家閉門思過。

至於她的警告，當然也就沒有人理睬了。

結果，長慶十一年，註定是大燕的災厄之年。也不是像大燕君臣想像的，規模很小的打草穀。

能夠聰明到先和邊境換取春天糧食的北蠻子畢竟是少數，而從北蠻草原一直到關中的春雨，是歷年來最稀少的。好不容易熬過雪災的北蠻子，又面臨了春草不足、飢荒不已的窘境。

北蠻大可汗當機立斷，向西域已對北蠻稱臣的小國高昌打劫了一批糧草，用這個做基礎，南寇邊關。已經從部落制走入封建社會的北蠻輕而易舉的集結了大軍，浩浩蕩蕩的開往華州，急叩雁回關，群龍無首的情形下，雁回關陷落，燕雲震盪，華州岌岌可危。

但梁恆居然沒被懲處……因為他以「天時惡劣、行路艱難」當藉口，直到雁回關陷落，還在半路上晃悠，尚未抵達華州呢。

等消息到了翼帝案前，還是已然建國的北蠻派來使者，君臣才知道雁回關已經不姓慕容了。現在還在打生打死，沒有南下，使者是說北蠻飢饉無奈，願獻關乞和……糧食麼，堂堂天朝上國，當然也得意思意思一下。

事實上是，安北知軍樊和領著附近幾州知軍，跨州作戰，死纏爛打的阻住了北蠻子進主中原的意圖。

慌了手腳的翼帝，終於不淡定了。但重文輕武這麼多年，到底還是出現了嚴重的惡果。在北蠻使者強大的金錢攻勢下，大多數的宰輔都贊成議和「賑災」，原本只是文官嘴花花的「以德服人」，立刻變成了現實。

翼帝甚至很「體貼」的沒有動用燕雲諸軍屯的儲糧，而向京城四周徵糧，一時之間，京畿糧價飛漲得可怕。翼帝卻只求趕緊打發了北蠻子，給了一個天文數字的糧草。

這是個很壞的開頭，讓全燕雲諸軍譁然，幾乎鬧起軍變。大燕立國三百餘年，就算曾經出現遲暮之氣，但有一點上承漢武，絕不可撼，這是邊關諸軍的魂魄和氣節所在。

犯大燕者，雖遠必誅！沒有妥協、沒有和親，只有一個字，打！

雁回關是陷落了，但華州並沒有盡失，沒瞧見燕雲諸軍正在打死打活的硬要打回來嗎？朝廷卻敗壞了三百餘年的氣節，屈膝和談！

焦頭爛額的翼帝沒空理這些粗魯軍漢，直接發給兵部處理。那個完全不曉軍事的兵部尚書，自以為聰明的將燕雲諸路軍隊，胡亂的互調一通，使「將不知兵、兵不知將」。

成了。反正領軍的跟大頭兵不熟，上下不能勾結，軍變就鬧不起來。他覺得這是個高明的主意，事實上是將大燕往懸崖邊更推進了一步。

但長慶十一年的災難，卻沒有因為北蠻退出關外而花錢就消了災。乾旱的春天才過去沒多久，關中掀起百年難見的蝗災，赤地千里。而這場恐怖蝗災的結尾，卻是結束在更大的災難──仲夏暴起連月豪雨，黃河潰堤，將倖存的蝗蟲逼得北飛，一路肆虐，徹底恢復生機，接著蹂躪了好不容易略略恢復的北蠻草原。

但是北蠻子剛從翼帝手裡收刮了一個富庶到不能再富庶的糧草，不慌。可先蝗後澇的燕民卻在生死線上掙扎。

當真應驗了馥親王哀哀上告的話語：「天災若至，蠻飽腹而燕民飢死。」

焦頭爛額之餘，惱羞成怒的翼帝雖然把火洩在馥親王身上，心底也明白事態已經惡化到難以控制了。安撫災民之餘，她也明白，今年妥協，總不能年年妥協……再多的家底也折騰不了幾年。

雖然很肉痛好不容易豐盈起來的家底，她還是下詔給「天子之劍」，她忌憚卻也唯一信賴的軍神楚王。

楚王痛快的應詔，並且上表表示，他一走蜀中虛空，所以要先讓回紇知道點厲害，預計初春至邊關統帥諸軍。

翼帝終於放心了……卻沒放心太久。

長慶十二年春，北蠻使者入京，要求大燕再次賑災，不然要自己南下來取……因為長慶十一年冬天的雪災更勝前年。原本這麼無禮的要求，信心滿滿的翼帝打算拒絕……

但是另一個更令她震驚的消息傳來了！

封在蜀地永鎮的「天子之劍」楚王，在驅逐西北回紇的入侵時舊傷復發，不幸殞落，燕朝痛失護國軍神。

翼帝傻了。她現在才知道，不管她多猜忌、將楚王封得多遠，在內心深處，她唯一信賴的武將，唯有鞠躬盡瘁、死而後已的皇兄……

她能找出幾個她信賴的將領……但都太年輕。敏於內政、訥於軍事的缺點終於曝露出來，她苦澀的嚥下重文輕武的後果。

所以，她採納了首輔的建議，再次議和「賑災」。並且基於對武人的恐懼，將蜀軍盡調入京，讓兵部尚書使「巧計」，扣留軟禁了楚王遺留下來的驕悍將屬。

至此，大燕漸有糜爛之勢。因為，長慶十二年，又再次的千里大旱。而兩次對北蠻子「賑災」，好不容易動完內政大手術積攢下來的一點家底，也折騰的差不多了。反而真正需要賑災的大燕百姓強度不足。

於是，飢餓的百姓民變四起，水土不服又被扣留將領、吝刻軍餉的蜀軍被派去剿匪，往往與民變軍合流……

宛如驚弓之鳥的翼帝，更疑神疑鬼，徹底猜忌手握軍權的將帥，多有掣肘。

像是這樣還不夠似的，長慶十二年冬，北蠻子連續遭到第三年強烈雪災，範圍之廣，甚至連西域都被涵蓋了數國。

遊牧民族的抗災力，至此徹底被打垮了。果決的北蠻大可汗，神速的攻陷了高昌，搶奪了高昌最後一點糧食，甚至連人口都沒放過，活生生把人當作軍糧，並且集起大軍，意圖滅燕。

三年的雪災，已經折騰完了他們最後的種馬種羊，西域諸國都貧瘠，養不起北蠻子眾多人口……只有南方富庶得流油的大燕，才是他們唯一的生路！

很悲慘的是，直到這個時候，大燕還不知道北蠻建國已久，對於國號為韓的蠻夷嗤之以鼻。只知道飢寒交迫的北蠻子，發瘋似的團結起來大寇邊關，燕雲似乎處處烽火……

大燕為之震盪！

梁恆所守的雁回關，這次再也不能推群龍無首了……卻還是一戰而潰。但潰敗的緣故非常搞笑……因為梁恆放棄堅關高牆的優勢，出關野戰，以燕人的短處，試圖撼動飢餓得吃人肉的北蠻鐵騎，下場當然是非常悲慘……

但他的慘死，卻讓雁回關再次陷落，北蠻鐵騎踏破了雁回關，奔向一馬平川的富庶中原，奔向黃河……

接下來通通是壞消息。建軍多年的禁軍因為六公主朝陽和副帥何進不和，居然在汲縣就分兵，隔黃河各自駐軍。朝陽公主據守汲縣，卻被北蠻的強弓手，一箭射死在城牆上，很搞笑的殉國了。

若不是馥親王果斷燒毀浮橋，阻住了北蠻勢若破竹的攻勢，京城可能等不到安北知軍樊和領軍來救，北蠻已然兵臨城下。

但是心慌意亂、疑神疑鬼的翼帝，又出了一個昏到不能再昏的昏招。她聽信何進將軍的讒言，將解京城之圍的馥親王和樊和，抓了起來，導致北蠻大喜的渡過黃河。而進讒的何進也沒什麼好下場，自信滿滿的出兵，兩萬餘大軍被七千鐵騎殺得大敗而歸，只逃回三千多人。

最後他倒是自己抹了脖子，但大燕至此已經糜爛到京城將淪陷，緊急到不能再緊急。

國難當頭，跛足的馥親王果敢出來收拾攝政，堅守京城，並且發出勤王令，傳於九邊。

但是李瑞並沒有收到勤王令。

因為她的身分很特殊，她只讓兵部管轄，聽調不聽令。而且她的部隊也不算正規軍，而屬於屯兵，勤王令是只發給各路正規軍的。但是一般正規軍還是會駐留一小部分，帶上一部分的屯軍，有功大家沾，低頭不見抬頭見的，會做人的兵油子倒是很清楚的。

但是新調來幽州的驕兵悍將，原據地離幽州很遠，雖然聽聞過哀軍，但徹底瞧不起女人，覺得流言誇大。

而新幽州知軍是個標準軍閥，爭功諉過是第一把好手。讓他去襲擊北蠻子，他大概會愛惜羽毛，擁兵自重，但勤王卻是將全國的兵力都集中起來，很明顯的是搶功的大好機會，他當然不會放過。

但是跟他非常不對盤的燕侯君，卻勸他不要出盡全軍，最少要留個萬把駐軍以防北蠻。

幽州知軍嗤之以鼻，和李瑞爭論起來，最後激怒得動手了，卻被阿史那一把放倒，差點被掐死……李瑞沒有連聲喝阻的話。

這個樑子算是結下來了，幽州知軍懷恨在心。李瑞從來沒想到過，這麼一個卑劣的小人，會為了這麼點小小的過節，導致了賢良屯的崩潰。

＊　＊　＊

惆悵的看著大軍盡出的煙塵，李瑞默然很久才淡淡的說，「我若是北蠻可汗，絕對不會把所有兵力押在一路。勤王令一出，燕雲空虛……只要有一路偏師……」她苦笑了幾聲。

「這支偏師應該還負責後續糧草，所以會挑肥的州吃。」阿史那平淡的回應，「然後席捲大批糧草，剛好去燕京會師，在勝利的天平押上分量十足的砝碼……」

論燕雲，還有誰比幽州更富呢？

「剛好跟在勤王之師的腳後跟……應變起來挺靈活的，進可攻、退可守。怎麼糜爛也是燕國……」

他們相視一眼，阿史那環著她的肩膀，緩緩的走回去。

沒辦法，他們不在中樞，天高皇帝遠，人微言輕。他們能把局勢看得很清楚，但是能做的卻不多。

李瑞的軍隊，沒有炮灰這種東西，都是徹徹底底的精兵制。多年不曾擴軍，雖說全屯的青壯都能上戰場，但實打實的全副武裝，只有五千餘人馬，這已經是哀軍和商隊護衛的總和了。當然，還有桐花六屯的萬把青壯。

這就是她全部的家底。

當她最壞的預感實現時，反而平靜了下來，阿史那也不顯慌亂，很平常的練兵、檢點武器馬匹。她的部屬也泰然自若，疏散民眾，收攏防線，一切都是井井有條的進行著。

跟阿史那成親，也快五年了。沒給他生孩子，沒給他噓寒問暖，沒盡到一個傳統妻子的責任……他卻從來不曾抱怨過。

這麼驕傲的一個人，卻甘願擔一個面首的流言，默默的陪著她。

承接自母親的屯長幹部，後來跟隨她的哀軍，一直都是那麼信任她，就算帶著她們去死……她們也是狂笑著去死，歡欣鼓舞的。

她的屯民，她的桐花六屯父老百姓……尊敬她，愛戴她。面對已經數州糜爛的北蠻子偏師……說是偏師，也有五萬之數……沒出現逃荒潮，爭著充實六屯和幽州城的城防，誓與她共存亡。

人活在世界上，能到這種境遇，萬死也不枉了吧？

一個以國為號的小小侯君……拱衛幽州城的桐花六屯……在肅殺的備戰中，卻顯得那麼從容不迫。

李瑞坐在賢良屯的城牆上，一面保養自己的武器，一面看著忙忙碌碌的軍民和正在訓人的阿史那。

她小小聲聲的唱著，以前娘親教她的，卻從來不許她唱給別人聽的……〈滿江紅〉。

怒髮衝冠，憑闌處，瀟瀟雨歇。
抬望眼，仰天長嘯，壯懷激烈。
三十功名塵與土，八千里路雲和月。
莫等閒，白了少年頭，空悲切。
靖康恥，猶未雪；
臣子恨，何時滅。
駕長車踏破賀蘭山缺。
壯志饑餐胡虜肉，笑談渴飲匈奴血。
待從頭，收拾舊山河，朝天闕。

其實，她不知道「靖康恥」是什麼，也不知道「賀蘭山」在哪。「胡虜肉」、「匈奴血」大約是北蠻子的血肉吧？但吃人實在太野蠻了……雖然北蠻子就是這麼野蠻。

但不懂沒關係，這是娘親教的。朝南望，娘親和爹爹在那兒，兩個哥哥，也在南方的京城。

娘，我沒有去勤王。因為勤王的人已經夠多了，用不著我湊熱鬧，京城不會有事的。但是，我會在這裡，我會死死的牽制住這隻北蠻偏師，絕對不會讓他們漏網，去禍害你們，禍害百姓，甚至禍害勤王之師的後路……

不會，絕對不會。

我是，大燕的燕侯君，哀軍的李教官。我會馬革裹屍，戰到最後一滴血流乾。

娘，我是軍人。妳口中真正的軍人啊！

所以娘，妳一定不要悲傷。就是因為我背後有這麼多人，我才會笑著去死……一定一定，不要悲傷。

哥哥們，再會了。

她繼續哼著《滿江紅》，微微的笑了起來。

*　*　*

一路如入無人之地、將數個邊州糜爛成一鍋粥的北蠻偏師，昂揚奮進，帶著劫掠而來的大批糧草奴隸，氣勢洶洶的撲向幽州。

這原本是北蠻最畏懼的一州，這裡有群名為「哀軍」的瘋女人、巫婆。但是他們英明神武、算無遺策的大可汗告訴他們，這群瘋女人從來沒打過萬人以上的大仗，人數也很少，並且讓偉大的國師為他們祝福過了。

光光鐵騎就有兩萬啊！步兵更達三萬之數……光是鐵蹄都足以踏斷幽州的脊背骨，何況只是一群渺小的女人？碾碎她們！

原本信心爆炸的北蠻偏師，旁若無人的衝入人煙杳然的幽州，一頭撞上拱衛幽州城的桐花六屯……卻首次嚐到頭破血流的滋味。

他們運氣很不好的分兵攻打六屯，日出到日落，只在屯下丟下無數屍體。後來運氣更不好的，集中兵力，卻挑中了看起來最弱小的賢良屯……這次連攻城的主將都被腰斬，扔下城去。

原本準備速戰速決，好與主軍會師的偏師，就這樣被死死倔倔的哀軍拖住。打不爛，甩不掉。原本攻了十天，卻一屯未破，失去耐性的北蠻偏師想繞過直接攻打幽州城，六屯卻攻其尾側，硬生生咬下一大塊肉。等回頭想對付六屯，又已經鳴金收兵，回屯堅守。

毫無辦法的偏師主帥看著會師期限在即，準備乾脆繞過六屯和幽州城，但這六屯卻主動出城邀戰，硬吞掉了整個偏師先鋒……不得不說，練了幾年的陌刀隊和鐵鷂子不是好耍的。

於是這支本來該是奇兵補給隊的偏師，就這樣被幽州哀軍帶入泥淖中，鄰近幾州被北蠻偏師打垮的正規軍和屯軍，也因為原本存在的斥侯網聯繫起來，開始給北蠻偏師使絆子找麻煩，打起游擊戰了。

當全大燕的目光都集中在京城守衛戰時，卻沒有人注意到，有一隻其名為哀的屯軍，沒沒無聞的與友軍，將本來可以讓北蠻子反敗為勝的偏師，徹徹底底的牽制住了。

一直到眾地勤王之師馳援，在樊和大帥的統合下徹底打垮北蠻主軍，聽聞主軍被追擊北逃，這支已經傷亡過半的偏師才譁然潰退，幽州之危終告解除。

但這一役，幾乎是幽州哀軍全力撐起來的一役，桐花六屯死傷慘重。哀軍嚴重減員，賢良屯幾次被攻破又收復，戰後人口不足三分之一，其他五屯也沒好到哪去。

可最慘重的損失，卻是在戰爭後期，北蠻偏師最後一次衝擊以圖闖關，南下會師時，燕侯君親自領軍，正面和北蠻偏師對決……這仗雖然打贏，但身中十數箭的李瑞力竭墜馬，驚恐的阿史那和哀軍將她從馬屍底下硬拖出來，手臂被踏斷，胸口也挨了一蹄，又被龐大的馬身重壓，只剩下半口氣了……

但她還活著。就是燕侯君還活著，幽州才撐了下來，雖然滿目瘡痍。

北蠻偏師潰退後，哀軍就立刻將捷報送往京城，卻不是為了邀功，而是創痕累累，重傷昏迷不醒的李瑞，非常需要御醫。

但捷報才出城不久，京城裡就來了使者，是曾經來巡過幽州的老御史。他驚駭莫名的聽著總屯長聲淚俱下的戰報，看著殘破不堪的賢良屯，默然良久。

聖旨在懷，卻是那樣的滾燙炙手。

不管願不願意，朝廷知不知道幽州的悲壯和犧牲，他既然為御史，還是得宣旨的。

於是，老御史到奄奄一息的李瑞床頭，艱難的宣讀了聖旨。

聽完了翼帝的旨意，環繞著哭泣的諸部將都沒了聲音，一時之間，整個病房靜悄悄的，只有李瑞嘶啞的呼吸聲。

大意是：李瑞怠惰畏戰，拒絕勤王，褫奪官爵，撤封地（六屯），並解散賢良屯。

宣完聖旨，老御史有些難堪，因為該謝恩的人只剩半口氣，包得渾身繃帶，滲著血。其他的人呆呆的看著他，也沒說半個字。

但他實在不忍心苛責。嘆了口氣，想著回去以後要好好的跟皇上談談……怎麼能偏聽偏信？幽州知軍挑唆幾句，也沒詳查，就雷霆霹靂的下了這道傷人心的聖旨……

可他才走出賢良屯，就聽到哭聲震天，感染似的遍及全屯。

總屯長追了出來，哭得幾乎站不住。斷斷續續的說，聽完聖旨……燕侯君，歿了。

老御史只覺得腦袋嗡的一響，鼻端又酸又澀，兩行老淚也隨之而下。

＊　＊　＊

翼帝一紙聖旨，逼死垂危的燕侯君。

雖然追悔莫及的翼帝試圖掩蓋這個消息，但是紙終究包不住火，隨著老御史的回京，迅速的蔓延開來。

向來溫謙從容的李玉聽到這消息時，正在兵部辦公，哇的一聲吐血了，污了半張桌案。

而和文濤公主非常合得來，刮地皮亦談笑風生的風流才子李璃，一知道妹子是被逼死的，立刻昏厥了過去。

兩個兄弟同時告假……實在沒辦法，都病得起不了床了。翼帝派去的御醫個個愁眉苦臉，症狀都差不多：怒極攻心、肝火鬱結。卻也是最難醫的……心病。

懊悔的翼帝也差點又吐血了。

大戰剛結束，亂糟糟的，她論功行賞，處置她那個獨斷獨行的逆女慕容馥時，順便也召見了各路勤王主帥。但是主帥當中，卻獨缺了她內定的邊臣李瑞。

她原本只是隨口問問，但是幽州知軍的回答卻讓她怒不可遏。這場災難原本就讓她積了滿肚子氣，沒想到越是她的人，越給她打臉……李瑞都不例外！

在情緒這麼不穩定的狀態下，她很粗魯莽撞的出了聖旨——可是使者出京方七天，幽州捷報就到了，再怎麼後悔，再怎麼快馬加鞭，也追不回聖旨了。

原本她還抱著一點希望，雖說君無戲言，但只要還沒死，都是有辦法彌補的……沒聽說過戴罪立功嗎？以後等風聲過了，再封回來就是……

但怎麼也沒想到，老御史木然的回報，鄭重其事的替李瑞請諡號為「武穆」。

等知道李瑞是怎麼死的，翼帝的心一半冰涼、一半滾燙，臉孔燒辣辣的。

後世，會怎麼評價我？甚至……現下，文武百官會怎麼評價我？

翼帝終於從不穩定的暴怒中冷靜下來，甚至有些心灰意冷和更多的懊悔。她有點擔心，李家那兩個病得一場糊塗的兄弟……當初梁恆的遭遇很令人恐怖，萬一再來個《哀木蘭續》，她該如何是好……

但是這兩兄弟病得稍微好些，就起來抱病辦公了，一樣跟隨朝會，除了憔悴的厲害，一句怨言也沒有。只是之前那種君臣相得的感覺，也跟著蕩然無存。

甚至連上竄下跳，成天囉裡囉唆參這勸那的御史言官們，都啞了口，沒人多一句針貶。文官只針對戰後安民朝議，武將不吭聲……但是曾經叫過燕侯君一聲教官的，都在胳臂上紮著麻布條……幾乎所有少壯將領都這麼做了。

代表守喪的麻布條，看起來多麼刺眼、多麼驚心。

朝廷的氣氛很壓抑、很糟糕。就算她大刀闊斧的處置了兵部尚書和幾個議和份子，也沒讓朝廷這種氣氛好一點。

這是一種無言的抗議，令人窒息。

整飭朝政、安撫百姓、恢復民生……都迫在眉睫，也樣樣恢復了過來。但翼帝深刻反省以後，不得不承認，處置誰都只是治標，真正屢屢失誤、偏聽偏信，差點斷送大燕三百年基業的……就是一直想留賢名千古的她。

她覺得有點意興闌珊。

圍城前逃跑的皇太女讓她降為懷王，封去雲南了。馥親王自請入蜀。於是，她趕跑了兩個女兒，汲縣死了一個女兒。幾個兒子，全是只會裝病的窩囊廢。幸好她留了後手，還有最後一個備選的小女兒在身邊……可這小女兒愛銀子比娘深刻得多。

她培養的儲備宰相以及文武百官，卻都跟她離心離德。她親手逼死了奮戰垂危的預備邊臣……

孤家寡人。徹徹底底的，孤家寡人。

塵埃落定後，她平靜的下了罪己詔，承擔起這次北蠻南叩京闕的責任。並且同時立了文濤公主為皇太女。

然後，她自己寫了幾個字在御書房，一抬頭就可以看到。

「疑人不用，用人不疑」。

她一生敗壞就敗壞在這個「疑」字。她懊悔了。但是皇帝卻沒有懊悔和疲倦的權利，只能咬牙硬著頭皮撐下去。

不過，朝廷的氣氛的確因此比較好了，言官也開始囉哩囉唆。她從來不知道，這些言官肯嘮叨的時候，是這樣的可親可愛。

後來，李父容錚聽聞愛女噩耗，痛哭失聲的上表乞骸骨辭官，翼帝不准，反而在他任期滿的時候，升為樞密使。至於李玉，她沒耐性等待了，直接升為兵部尚書郎，李璃也升為副相兼太女侍講。

她不知兵，所以需要知兵的人在正確的位置上。李容錚是不懂，但他老婆懂……那就沒什麼差別了。什麼門戶啦、資歷啦，滾旁邊去吧。她終於肯承認自己不足，所以，她需要能臣，更相信百官一點……但絕對不能偏聽偏信。

翼帝對李家恩寵備至，除了一門幹臣外，也未嘗不是補償對李瑞的不公。甚至還賜了一個城外的別莊給李家。只是聽說裡面所有花草樹木、佈置裝設，都是按照李瑞的喜好，甚至還特別有李瑞的小樓……讓她倍覺感傷。

接手桐花六屯的駐屯官上摺，說戰亂太烈，六屯被糟蹋得面目全非，人口散失……

賢良屯更是連一個人都找不到了。幽州知府也將這場宛如泥淖的牽制戰極為生動的寫了本厚厚的奏摺。戰況曾經非常危急，六屯撤守幽州城，一度破了北門，哀軍全數壓上，捨生忘死，血流盈寸，才守住幽州城，後來才圖謀反攻。

其實，她知道為什麼六屯的人都不見了，只是已經不想追究。李瑞一死，賢良屯哭聲震天，怒喊「國何負我」，素車白馬的載著李瑞的屍體，扶轅北去，誓言燕侯君絕不葬燕土，六屯隨行守墓的幾乎傾巢而出，才會空虛到去接任的駐屯官找不到幾個兵。

罷了。由他們去吧。國已負了他們，無顏強留。

她真的很懊悔。就是這份深刻的懊悔，讓她日後在史書上的評價不像翼帝本人想像的那麼糟糕。她被評定為燕朝三大中興之主：豐帝、鳳帝、翼帝。

史書評價她，雖氣量稍窄，但瑕不掩瑜。和許多年老就開始昏憒的君王比起來，她知錯能改，極肯納諫，到死前都兢兢業業，博得一個「明主」的稱讚。

但她能成就於此，到底是因為一個「悔」字和「不疑」。

＊　＊　＊

長慶十六年秋。

李玉和李璃納悶的會合，趕往別莊。他們的娘突然派人過來急請，說要找他們一起賞荷，而且要他們別帶家眷或友人。

天知道，秋天賞什麼荷花……連荷葉都沒得賞吧？娘這是出什麼妖蛾子……

但是身為李家的男人，對外面都挺威風的，連老婆面前都挺得直腰……包括成為東宮駙馬都尉的妖孽才子李璃……對他們的娘，沒誰敢牙縫擠出半個「不」字。

對的。我們要恭喜李璃同學，他終於找到那個靈魂伴侶，正式轉大人兼成親了。只是對象居然是當今的皇太女文濤，讓無數人跌了滿地的眼珠子。

所以說夫妻情感要好，相同的興趣不可少……關於文學的愛好相同還不稀奇，稀奇的是兩個都熱愛撈錢……正確的說是熱愛經商的成就感，當公主長史的時候，這兩個就覺得彼此真是相得的不得了，契合到不行，最後歷經戰亂（和大刮地皮與打劫豪門世家）的洗禮，終究成了天作之合。

但是他們的娘慕容燦每次瞧見這對小夫妻，心底冒出來的總是「狼狽為奸」四個字，非常離奇。

把大燕，交給兩個奸商……真的好嗎？慕容燦表示非常憂慮。

可今天娘連老婆都不讓帶，到底是為什麼呢？

等他們倆趕到別莊時，跨進嚴密把守的花廳，只見他們後中年依舊妖孽的老爹，哭得像個傻瓜……慢著，他們老爹拉著誰的手？

李瑞笑笑的轉過臉，除了臉上的刺青淡了些，容貌居然沒什麼變化。穿著樸素的青長綴，梳著士髻，難得她沒有披甲上陣。

溫潤公子和風流才子一起張大了嘴，痴痴的望著自己心愛的、活生生的小妹子，一把擠開還在抹淚的老爹，團團兩個熊抱，放聲大哭，哭得比他們妖孽爹還傻瓜。

被重重包圍的李瑞苦笑，向著娘親的方向說，「……娘，難道妳沒通知過哥哥們？」

「通知啦。」娘親的語氣很無奈，「妳那外國老公也是彆扭，京城不比蘇州近？既然能給我報平安了，為什麼不能順便向那兩個小子報平安？不是我趕緊遣人送口信，妳這兩個哥哥還不知道要病到什麼時候……從沒見過這種妹控。」慕容燦搖頭。

李瑞張了張口，還是沒說話。阿史那說那張和離書早被戰火燒掉了……她深感懷疑。繞過比較近的兩個哥哥派人去江南報平安……她想，阿史那對這兩個舅哥還是有一定程度的敵意。

這一天，李家父子高興壞了，大杯小盞的暢飲，但是李家女人跟男人很多地方都不同水準……李家母女倆還安坐著，已經將父子三人灌到桌子底下去了。

李玉在小廝的攙扶下，還能走S形回房休息，李父和李璃只能用抬的了。

「妳哥和妳爹的酒量啊……嘖嘖。」慕容燦搖頭，「偏還愛喝呢，真是。」

「也只有高興的時候才喝，添興兒，沒事。」李瑞微笑。

「現在打到哪了？」慕容燦淡淡的問。

李瑞的微笑深了些，「疏勒。于闐……人家是佛國，怕遭報應，先不打吧……」

「打打殺殺多不好。」慕容燦撇嘴，「高昌呢？」

「高昌去年就從北蠻子的手底搶下來了……真是被糟蹋得厲害，太淒慘了。我本來也覺得打打殺殺不好……但是看了高昌的慘況，我就覺得還是讓阿史那去打打殺殺，省得自己人被打被殺……」

「妳又不喜歡打仗。」

「打仗是阿史那的事情。我呢，只管當當教官，守衛家土罷了。」李瑞英眉一揚，「誰讓他把我弄『死』了，連『屍體』都綁架走。他得負責任。我不愛打仗，他得依我。」

當初李瑞的確垂危。她墜馬的時候，剛好北蠻悍將一個流星錘錘過來，人既然已經墜馬，結果就把馬首打個正著。結果那匹戰馬跳了兩下，倒斃了。就是那兩下子踩斷了李瑞的胳臂和兩根肋骨，又被沉重的馬身壓得一根淺射的箭差點戳進肺裡。

上下刀傷箭創，交錯不可細數。因為她是跟著騎兵一起衝的，若不是盔甲質量夠優，小命早已吹燈。但再好的盔甲也擋不住這樣摧殘啊！結果還是傷口太多，血都快流光了，並且發著高燒，軍醫覺得救不活了。

但是阿史那他們那種遊牧民族，很有些奇異的手段，居然把一腳踏入鬼門關的李瑞拉了回來。

遊牧民族的草原上，鹽是不可或缺的珍稀物資，難免神奇化誇大化，而且牧民深信不疑。什麼毛病都先灌碗鹽水，相信可以百病消除、卻除邪惡。

軍醫一說沒救，阿史那就自己挽起袖子，傷口用濃鹽水洗，人灌稀鹽水。把牧民對鹽的迷信發揮到極致，卻誤打誤撞了很科學的領域。

本來像是這種失血過度的症狀，在沒有點滴不能輸血的古代，死亡率極高，只有體質最好的人才能熬過去。

可食鹽水的確對路，雖然用喝的遠遠不如靜脈注射……只是你想想這個年代，就會覺得讓阿史那灌食鹽水，的確是保住李瑞小命的好辦法。

而用濃鹽水洗的傷口雖然痛得要死，當真壓抑住了傷口感染。

即使這樣，還是好得很慢、很慢……總算還是在好轉中。老御史來宣讀聖旨時，李瑞是沒力氣睜開眼睛，但每個字她都聽清楚了。

結果是……她極怒攻心，一口氣沒提上來，噎住了。

當時阿史那離她最近，原本提心弔膽的他，發現李瑞的呼吸停了，嗚的一聲，他這個鐵血男兒發出狼嚎似的哭泣，衝上去抱住李瑞。而聚集在李瑞床頭的屯長幹部因為太相信黑鴟的判斷力，也跟著大哭，一時之間哭聲震天，總屯長這才歪歪倒倒的追出去，因為她也憤怒異常，非讓使者知道燕侯君讓天殺的皇帝逼死了。

但也因為哭聲太響，等李瑞緩過那口氣來，除了抱著她的阿史那，居然沒人發現她又開始喘氣了。

等整個賢良屯哭成一片，跪在門外哀哀欲絕，關在房間裡的幾個屯長（包括總屯長）幹部面面相覷，不知道該怎麼辦。

因為李瑞模模糊糊罵了兩聲，喘了幾下……睡熟了。

「燕侯君……『死』了。」阿史那咬牙切齒的拍板，「我家李瑞不給燕國做牛做馬了……有這麼過分的嗎？有嗎有嗎？差點連命都沒了，還指責她『畏戰』？是不是要把命丟了才叫做『肯戰』？操汝娘！」然後低聲卻語氣急切的罵起各國髒話，異常流利。

「氣質。」總屯長提醒他，「你家李瑞？」

阿史那理直氣壯的摘下脖子上掛著的小錦囊，裡面是摺疊得很小的婚書。

眾皆恍然。這時代還有些「以夫為天」的觀念，讓接下來的討論簡單許多……最少沒人阻止阿史那給李瑞上蒙汗藥。

反正朝廷知道，燕侯君「死」了，乾脆就白馬素車的「出殯」。素車還更乾脆，空架子四面圍多重白紗，隱隱約約可以看到裹得只剩下臉龐的李瑞。

與其遮遮掩掩，不如把事情鬧大、鬧確實了，讓所有的人都瞧見燕侯君「出殯」，藉口也商量好了，皇帝都逼死了我們侯君，我們侯君就是不埋燕土了怎麼樣?!

原本是想出幽州，先到三不管地帶的牧場落腳……當中有一個位置荒僻，居然逃過一劫……等李瑞的傷勢養好，大不了繼續幹武裝商隊這個很有前途的行業，不然繼續開牧場也成，哪裡活不了人……賢良屯的剩下的也沒一兩千，打這場仗也只耗糧食，沒耗什麼銀子，制度還在，侯君還活著，那就沒什麼好怕的。

但計畫總是趕不上變化。

轟動是很轟動，也沒人白目到跑來確定侯君死透了沒有，當真是哀盈遍城。賢良屯被撤了，當然是跟著去守墳，但是其他五屯的屯民攜老扶幼的大包小包，趕驢趕車，牽牛拉馬的……居然都跟來了！

阿史那和眾幹部那個急啊……但勸不聽。這些屯民大半都還記得以前侯君管不到五小屯的日子……那叫什麼狗日的日子唷，根本沒活頭。好不容易活出點人樣，吃得肚飽，三不五時能見葷腥……好不容易……好不容易……

尤其是那些流民逃奴出身的，更是痛哭流涕，死都不肯走。被逼急了，有人吼了，「怎麼著？咱們是桐花六屯！燕侯君的桐花六屯！侯君不是你們賢良屯的……不只是……不只是……」

後來發生的事情就越來越失去控制。到牧場步行需要好幾天，何況後面拖家帶口這麼長的尾巴。阿史那總不能天天上蒙汗藥吧？萬一李瑞醒來要怎麼收場……更糟糕的是後面的尾巴越來越長……

或許是老天爺偶爾也有幽默感。步行了兩天，掐著時候要再給李瑞上蒙汗藥的時候……突然烏雲密布，轟然打起雷了。

草原因為遼闊無阻礙，雷聲非常非常的大，大到地皮都會震了。結果劈過雷後，雲破天開，降下一道烏雲間的天光，剛好照在素車上……被雷聲驚醒的李瑞，半撐著身子，莫名其妙的看著烏鴉鴉卻鴉雀無聲的人群，和明顯是荒郊的野外。

「……你們，」她虛弱嘶啞的問，「在幹嘛？」

跟下餃子一樣，幾千人一起矮了半截……全跪下了。某些特別虔誠的乾脆五體投地。

死去兩天一夜的燕侯君，連上天都垂憐她，讓她返魂了！

「鬼扯。」李瑞有氣無力的罵。

阿史那不理她，摸著下巴獰笑，「民氣可用啊……西域我熟。雖然幾十年沒回去了……不過咱們商隊走過不少趟了。疏勒，可是塊好地……好到幾乎能種南方水稻呢！不過還是種麥子穩……妳說呢？」

這就是為什麼，阿史那會帶著六屯軍民走商道往西域去，趁北蠻實力大傷的時候拿下了高昌。而李瑞呢，一路養傷到高昌才漸漸能起床，之前都是當吉祥物在養，也不用她幹嘛。

只要燕侯君還活著，日子就有奔頭。有奔頭就能往前走。這不，都拿下兩國了。該種田的種田，該織布的織布，該走商的走商，該打仗的時候呢……咱扔下鋤頭就能弄弓刀！

我們可是，桐花六屯人哪！

「西域人種很複雜啊，你們在那兒……不會有種族問題嗎？」慕容燦饒有興趣的問。

李瑞笑了兩聲，很開懷的。「唔，我們一開始，幹部們提出過這點……『非我族類，其心必異』。但是娘……我讀過李斯《諫逐客書》。」

慕容燦挑了挑眉，「『是以泰山不讓土壤，故能成其大；河海不擇細流，故能就其深。』秦國不重用外國人……當時他的重臣真的都是外國人……也就沒有大秦朝了。」

「目前我們用的國號，是突厥……嗯，阿史那的身分恢復就很好用，很多舊部來投，也名正言順。但是西域用的語言文字本來就很混亂……所以我們商量過後，決定『書同文、言同語』，都用漢文。使用相同的語言文字……種族，不是問題。」

李瑞這樣說的時候，真的充滿自信。

「……妳有沒有想過……或許有一天，突厥跟大燕可能會起衝突？」

慕容燦這話，讓李瑞笑了起來。「嗯，娘，阿史那答應過我，到我孫子那一代，突厥跟大燕只會是兄弟之邦，除非大燕太白目。」沉吟了一會兒，「至於我的孫子之後……我不知道，也管不了。要看大燕自己爭不爭氣……而且那時候爹娘、哥哥和我……也都不在了。」

「……將來阿史那若對不起妳，就回家來。」

「唔，我想不會吧。」李瑞笑了笑，露出絲微的狡黠，「目前的突厥，是雙首長制。我有一半的份兒呢……我現在稱號不是皇后，依舊是燕侯君，和阿史那平起平坐的。」

「真沒想到，」慕容燦很感慨，「我的女兒，居然幹出這麼大的事業來……打穿西域的時候跟我說一聲，我也想把妳爹踢到一邊，去絲路旅行一番……」

「爹會哭的……而且絲路是啥？」

「絲綢之路……不重要。反正妳知道能賺很多錢就是了……我想妳跟妳二哥二嫂商量商量，他們一定非常喜歡。」

＊　＊　＊

返回疏勒的時候，已經是初秋了，天高氣爽，飽滿的麥穗低垂，風梳金浪。是她最喜歡的風景。

阿史那就是在麥田裡找到她的，很是不滿。「回來妳不知道要先找我？」

李瑞呵呵笑了兩聲，稱著麥穗的重量。「我們還有一輩子的時間在一起呢，不差那一會兒。」

阿史那的目光柔和起來，「路上還平安嗎？其實我真不贊成妳回去……最少不是現在。誰知道大燕皇帝會不會發現，發現會不會對妳不利……」他疑惑了，「為什麼妳堅持要回去一趟？」

「唔。」李瑞的臉頰微微的泛起紅暈，「因為有些事情……現在做都有點太遲了。但不趁我還方便的時候趕緊回去看看爹娘、哥哥……我怕是好幾年都抽不出空。」

阿史那的疑惑更深了。

李瑞偏過頭不看他，「……我把避子湯停掉了。」

「……是嗎？」

等李瑞轉回來時，發現阿史那在傻笑。這個一直很驕傲精明銳利的黑鵰，現在卻顯得很傻很傻。

她牽起阿史那的手，走過黃澄澄的麥田，今年的收成會很好。他們帶來了這個時代最優良的耕作技術，累積幾年，田力熟了，會更好。

「突厥如果有女君，只要像妳，我覺得也是可以的。」阿史那說。

根本還沒影兒的事情，說得這麼認真。

李瑞笑了。

她臉上褪得淡了的刺青，映著金黃的麥穗和滿天彩霞，顯得非常生動，並且美麗。

（燕侯君完）

作者的話

原本《燕侯君》寫到三十集就斷了，重病的因素有，但更讓我頭疼的是，這部《倦尋芳》和《馴夫記》的「補遺」，寫起來是很吃力、很死腦細胞的。

為了這部，我還特別弄了個excel做簡單的年代表，一面寫還要一面對照……但是疏漏還是很多……坦白說，真要寫到精細，把官制和戰役都仔細詳寫，最後可能只會「鞠躬盡瘁，死而後已」。

而且說真話，我史書讀得不透，名字年代都記不住半個，只把故事記了下來。這當然很糟糕……尤其是需要詳盡資料時……

所以，我才會在「寫在前面」時，請讀者將《燕侯君》當成一個「故事」，而不是「歷史故事」。甚至連「架空歷史故事」都不太夠格……這是說書人能力所限，在此致歉。

會寫《燕侯君》的緣故不少，到最初最初，卻是因為對武則天的「惋惜」和「遺憾」。這個如彗星般出現在男性社會的女帝，最後也如彗星般消失。原本她有機會成為千古一帝，有機會讓女帝變成常態，有機會提高女子的地位，釋放出關在後宅的人才……

但她居然寧願相信扶持武姓外戚，卻沒想過扶持相信李姓皇女。她不是沒有出色的女兒，可是她卻視而不見，沒有立皇太女；她欣賞寵愛上官婉兒的才華，卻沒有讓她在朝為官。

她的格局和眼界，真的太狹窄了。完全沒有意識到，自己手握著多麼重要的鑰匙。這導致了之後千餘年中華女性地位的日漸低落，讓腐儒和社會風俗踩進泥地裡，最嚴重又最令人悲痛的體現是，形同殘廢的纏足……

非常惋惜，非常遺憾，為之扼腕。

所以我才塑造了千古一帝的「鳳帝」。我承認，鳳帝的原型就是武則天，卻是刪潔加強版。我想要彌補惋惜和遺憾，雖然只是虛擬。

但寫完了《倦尋芳》和《馴夫記》，我一直在想，後來呢？既然女帝在朝，傳承下來了……那麼，後來呢？

所以李瑞闖了進來，展現她不平凡的一生。而慕容燦也並沒有白白穿越一回，果然掀起了巨大的海嘯……雖然是實現在她的兒女身上。

我很滿足。最少這個異地時空的大燕和突厥，女子的地位不會被踩進泥地裡，不會纏足，不會被逼著讀廢話連篇的女誡，而是能挺直腰……當一個真正的人。

終於，解釋了糾結多年的惋惜和遺憾。

終於，寫完了。

只是我腦海裡，還不斷的迴盪著〈滿江紅〉。悲壯，並不是獨屬男性而已……私以為。

希望下本書，再與諸君相逢……但願。

蝴蝶於2011/8/7

國家圖書館出版品預行編目資料

燕侯君 / 蝴蝶 著. -- 初版.
-- 新北市板橋區 : 雅書堂文化, 2010.10
面 ; 公分. -- (蝴蝶館 ; 51)
ISBN 978-986-302-016-5 (平裝)

857.7 100019404

蝴蝶館 51

燕侯君

作　　者／蝴蝶Seba
發 行 人／詹慶和
總 編 輯／蔡麗玲
執行編輯／蔡毓玲・蔡竺玲・黃子千
編　　輯／劉蕙寧・黃璟安・陳姿伶・白宜平・李佳穎
封面設計／斐類設計
執行美編／陳麗娜
美術編輯／周盈汝・翟秀美・韓欣恬

出 版 者／雅書堂文化事業有限公司
郵撥帳號／18225950
戶　　名／雅書堂文化事業有限公司
地　　址／新北市板橋區板新路206號3樓
電子信箱／elegantbooks@msa.hinet.net
電　　話／（02）8952-4078
傳　　真／（02）8952-4084

2011年10月初版一刷　2015年11月初版五刷　定價 240 元

總經銷／朝日文化事業有限公司
進退貨地址／新北市中和區橋安街15巷1號7樓
電話／（02）2249-7714　傳真／（02）2249-8715